당신과 나의 주파수를 찾습니다, 매일

ON AIR

당신과 나의
주파수를 찾습니다, 매일 KHz

라디오 스튜디오에서 보낸
단짠단짠 16년

차현나 지음

+   −

밥벌이와 인생살이,
그 어딘가의 라디오 피디

미야자키 하야오의 〈센과 치히로의 행방불명〉은 내가 굉장한 애정을 품은 애니메이션 영화다. 재미있는 줄거리는 기본이고, 일본 고유의 색채도 잘 살렸을 뿐 아니라, 태초의 자연이 훼손되면서 이름을 잃어버리고 악한 존재가 돼버렸다는 설정까지 볼거리와 생각할 거리로 가득하다.

이 영화를 볼 때마다 가슴이 뭉클하면서도 찡해지는 장면이 있다. 바로 울고 있던 센이 정신을 차리고 주먹밥을 먹으면서 '돼지로 변한 아빠, 엄마를 내가 구해줄 거야'라고 다짐하는 장면이다. 센은 누구의 도움도 없이 온전히 홀로 문제를 헤쳐나가야 한다. 만화를 보는 아이들에게 용기를 주기 위해 드라마틱한 상황을 연출한 것이겠지만, 나는 그 장면을 볼 때마다 마음이 아리다.

아이는 어느 순간 제 손으로 일하지 않으면 살아갈 수 없다는 사실을 깨닫고 울면서 밥을 먹는다. 누구나, 몸의 나이에 상관없이, 이런 생각을 하는 순간 비로소 아이에서 어른이 된다고 난 생각했다. 밥을 먹지 않으면 일을 할 수 없고, 일을 하지 않으면 살아갈 수 없다는 사실을 깨닫는 순간.

'밥벌이'라는 말이 과거에는 부정적으로 많이 쓰였다. "지 밥벌이는 해야지, 언제까지 그러고 있을 거야?", "이제 저도 제 밥벌이는 한다구요"라는 식으로 말이다. 하지만 김훈의 글 〈밥벌이의 지겨움〉에서 발견한 '밥벌이'라는 말은 다르게 다가왔다. 밤새 마신 쓰린 속을 부여잡고 다음 날 아침밥을 꾸역꾸역 밀어넣는 기자의 일상. 이 밥을 먹고 몸을 움직여야, 다시 내일의 밥을 벌어먹을 수 있다. 그것이 기자고, 일역잡부고, 사장님이고, 누구고 간에 피해 갈 수 없는, 밥벌이의 고단함이며 잔인함이고 공평함이다. 밥벌이의 진리를 기가 막히게 정리해 버린 이 글은, 고단한 밥벌이를 너무나 간단명료하게 정의 내렸기 때문에, 슬프기보다는 오히려 삶이 가벼워지는 느낌을 주었다. '직업'이라는 말보다는 '밥벌이'라는 말이 주는 단순함과 솔직함 때문이기도 할 것이다. 그 일이 어떤 일이든, 밥벌이는 그 자체로 위대한, '어른'의 일이다.

라디오 피디라는 직업, 내 밥벌이에 대해 글을 쓰면서 처음으로 직업으로서의 라디오 피디를 돌아본다. 입사한 날부터 따져보니 벌써 16년을 넘게 다닌 나의 일터, 라디오에서의 시간을 차분히 되돌아본 것은 처음이다. 지겨울 때까지 음악을 듣고, 매일 새로운 아이디어를 쥐어짜 내며, 다양한 사람들을 만나고, 그들의 이야기를 세상 사람들에게 전달하는 일, 뭐 재미없는 일 없나 세상 삼라만상을 오지랖 넓게 기웃거리는 게 주 업무인 사람들⋯⋯.

돌이켜보니 라디오 피디란 참 별난 직업이다. 겁도 없이, 가진 것도 없이, 라디오 피디라는 명함 한 장과 마이크만 앞세워서는, 저 위 높으신 분들부터 길거리의 노숙자까지 무작정 들이대는 사람들. 돌아보니 계단 오르듯 늘 숨차기만 했던 직장생활이, 재미도 있고 보람도 있는 날들이었다. 모든 다른 밥벌이처럼, 직장인의 고단함이 왜 없을까마는, 라디오를 듣는 사람들에게 웃음을, 위로를, 공감을 주는 특별한 직업이라는 뿌듯함이 나를 십수

년 동안 버티게 했구나 싶다.

그런 보람과 함께, 라디오 피디로서 느꼈던 밥벌이의 이면도 솔직하게 담아보려고 했다. 걷잡을 수 없이 빠르게 돌아가는 세상에서 라디오 피디라는 직업은 어떤 변화를 겪고 있는지도 토로해 보았다. 이 직업에 대해 평범한 사람들이 궁금해할 법한 이야기도 써보려 했다. 라디오 스튜디오에서 일하는 스태프들이나 제작 현장을 궁금해하는 청취자들을 종종 만나게 되는데, 이 기회에 라디오 방송이 만들어지는 뒷이야기를 소개하는 것도 그분들에 대한 보답이라고 생각했다. 나보다 훨씬 치열하게, 더 좋은 프로그램을 만드는 피디들이 많기에 라디오 피디에 대한 글을 쓴다는 것이 망설여졌지만, 완성형을 꿈꾸는 진행형의 이야기를 보고 다른 미생들이 용기를 냈으면 좋겠다는 마음으로 무모하게 용기를 냈다.

'라디오 피디'라는, 왠지 낭만적일 것만 같은 이 직업 역시 고단하지만 사람의 온기가 가득한 밥벌이다. 내일 아침이면 또 한술의 밥을 밀어넣고 밥벌이하러 나가야 하는 당신과 나 자신, 모든 '밥벌러'들에게 이 글이 조금이나마 공감과 위로를 줄 수 있다면 바랄 것이 없다.

차례

1

뉴스의 홍수 시대,
시사 피디의 생존기

TUNING

AM FM

VOLUME

니가 가라, 저녁 시사

6개월의 육아휴직을 마치고 회사로 복귀할 때가 다가왔다. 복귀와 동시에 내가 과연 어느 프로그램으로 배치될 것인가가 나뿐 아니라 다른 피디들의 관심사였다. 내 행선지에 따라 다른 피디들의 연쇄 이동도 있을 수 있다 보니 나의 거취를 묻는 회사 후배들의 문자도 슬슬 오기 시작했다.

라디오 방송사 대부분이 그렇듯 우리 회사 라디오 본부도 소규모의 인력으로 운영되는 편이어서, 소위 '현업'이라고 부르는 '프로그램 제작'을 하지 않는 피디는 찾아볼 수 없다. 라디오 본부에 소속된 피디는 모두 어느 프로그램이든지 배정되어 있다는 얘기다. 그러므로 어제까지 집에서 아이를 돌보고 김치찌개를 끓이던 육아휴직자인 나도 내일부터 출근을 한다는 것은 어느 프로그램의 담당 피디가 된다는 것을 의미했다.

24시간 방송을 내보내는 우리 채널에는 대략 스무 개 남짓 프로그램들이 있는데, 그중 나는 어느 곳으로 배치될지 알 수 없었다.

'오전에 편성된 편안한 교양 프로그램, 오후 시간대의 음악 프로그램? 이 정도면 딱 좋겠는데!'

그러나 들려온 소식은 청천벽력과도 같았다. 저녁 시사 프로그램으로 배정됐다는 비보였다. 저녁 시사라니! 우리 채널엔 출근 시간대와 퇴근 시간대에 시사 프로그램을 편성하고 있는데, 출근 시간대 못지않게 퇴근 시간 시사 프로그램 쪽도 총성 없는 전쟁터라 채널 간의 경쟁이 치열했다. M본부, K본부, C본부……. 저마다 이름난 시사 전문가를 진행자로 내세워 청취율 전투에 참전하고 있었다.

"다른 프로그램에는 자리가 없을까요?"

"지금 저녁 시사가 우리한텐 굉장히 중요해. 제작 인력이 보강되어야 할 판이니까 네가 들어가서 한번 열심히

해 봐."

제작부장에게 저녁 시사로 가라는 연락을 받고 난 후부터 낮이건 밤이건 귓가에는 부장의 목소리만 윙윙거렸다.

'전쟁터같이 치열한 시사 프로그램에 가서 잘할 수 있을까?'

어느 순간 한없이 의기소침해지다가 불쑥 승부욕이 솟아오르기도 했다.

'그래, 저녁 6시 퇴근 시간대 시사 프로그램은 라디오의 꽃이야. 멋지게 한번 해보자.'

파도타기 하듯 조울 현상이 반복되었다.

'시사 프로그램은 하루 종일 일에서 놓여 날 틈이 없는데, 그렇게 되면 퇴근해서도 아이 얼굴 볼 시간이 더 줄어들겠지…….'

하루 또 하루, 육아휴직의 마지막 날은 다가오고 있었다.

라디오 채널은 어느 방송사나 규모가 빤하다. 회사마다 차이는 있겠지만 규모가 크다는 지상파 3사도 라디오 쪽의 인력은 텔레비전 부서에 비할 바가 못 된다. 그리고 사람들이 잘 모르는 사실이 있는데 텔레비전 피디는 보통 다큐멘터리, 예능, 드라마, 스포츠 등 장르를 택해 본인의 경력을 계속 살려 나가는 반면에, 라디오 피디는 그렇지 않다는 점이다. 입사시험을 치르기 전부터 텔레비전 피디는 지망 분야를 선택해 뽑는 경우가 많은데, 라디오 피디는 분야를 나누지 않고 뽑는다. 한마디로 라디오 피디는 모든 장르를 다 제작하는 전천후 인력이 되어야 하는 것이다.

물론 라디오에도 텔레비전처럼 장르는 있다. 크게는 시사, 오락, 음악이 있고, 음악 분야에도 청소년, 주부 등 청취 대상이 다양하다. 라디오에도 다큐멘터리가 있고, 드라마도 있다. 부동산이나 자동차 같은 실질적인 정보를 주거나 상담을 해주는 정보 프로그램도 있다. 이렇듯 장르가 다양하지만 한 장르만을 계속하는 라디오 피디는 드물다. 시사 프로그램을 1~2년 제작했으면 음악 분야로도 발령받고, 오락 분야로도 간다. 한정된 인력으로 효율적인 운용을 하기 위해 라디오 방송사들이 채택해 온 오랜 방식이 아닐까 싶다.

그렇다 보니 라디오 피디들은 경력이 쌓여 가면서 다양한 장르를 두루 거치게 된다. 사람마다 개성과 장기가 다르기에 자기 취향이나 성격에 잘 맞는 장르도 있고, 적응

하기 힘든 장르도 있지만 내가 좋다고 한 분야만 고집할 수 없다. 개편 때마다 배정되는 프로그램으로 돌고 도는 것이 라디오 피디들의 운명이다. 하지만 모두가 공통으로 인정하는 진실이 하나 있으니, 바로 '시사 피디=개고생'이라는 것이다. 모든 프로그램 제작진은 늘 힘들게 제작에 임하지만, 시사 피디의 노동은 '클래스'가 다르다. 잠자는 시간만 빼고는, 아니 살짝 엄살을 부리면 잠잘 때조차도 뉴스에서 눈과 귀를 뗄 수 없는 게 바로 시사 피디다. 시시각각 바뀌는 세상의 모든 뉴스와 사건이 시사의 대상이다. 급변하는 뉴스를 따라잡는 것은 기본이고 뉴스의 흐름, 소위 '맥'을 알아야 하는 게 시사 프로그램이다.

게다가 시사 프로그램을 향한 청취자들의 기대치가 점점 높아지고 있다. 매일 터지는 뉴스와 사회 이슈를 놓치지 않고 전달하는 신속성, 핵심 뉴스의 관련자를 정확히 찾아 인터뷰하는 섭외력, 답답한 세태를 날카롭게 비평하면서 시민들의 가려운 곳을 시원하게 긁어주는 통쾌함과 재미까지……. 이 모든 것이 시사 프로그램에 기대하는 것들이다. 그래, 나도 그런 프로그램이 꼭 나왔으면 좋겠다. 왜 이런 시사 프로그램을 못 만드는 거야? 하지만 내가 그런 프로그램을 담당하는 피디가 돼야 한다면…… 갑자기 생각이 많아진다.

라디오 피디를 꿈꾸며 입사했을 때 내가 그렸던 자화상은 시사 피디는 아니었다. 매일 새로운 말 전쟁이 펼쳐지는 신문의 정치 면을 보면 골치가 지끈지끈 아팠고, 하나를 배우면 열 가지 공부할 게 더 나오는 경제뉴스는 나에게 시사에 대한 열등감만 선사했다. '골치 아픈 이야기가 아닌, 행복과 위로를 담은 프로그램을 만들고 싶다', 그게 나의 꿈이었다. 그러나 많은 라디오 피디들은 입사하면서 바로 아주 치명적인 사실 하나를 깨닫게 된다. 음반으로 가득한 방송국 자료실에서 헤드폰 끼고 음반 찾는 영화 속 피디의 모습은 개나 줘 버려야 한다는 사실이다. 음대를 나와 클래식을 전공한 사람도 시사 프로그램에 가서 섭외 전화를 돌리게 되고, 회계학과를 나온 사람도 트로트 프로그램을 만드는 놀라운 체험을 하게 된다. 나라고 피해 갈 수 있는 일이 아니었다.

어쨌거나 국방부 시계 못지않게 방송국 시계도 정확하게 돌아갔고, 드디어 나의 복귀 날이 밝았다. "니가 가라, 하와이"가 아닌 "니가 가라, 저녁 시사"라는 말이 목구멍까지 올라왔다. 하지만 주어진 타이밍에, 주어진 프로그램을 묵묵히 받아들이는 것이 모든 라디오 피디의 숙명이라면 '그래 해보자' 하는 생각이 들었다. '시사 덕후'는 아니지만 어쩌면 전례 없는 스타일의 시사 프로그램을 나라고 못 만들라는 법은 없잖아?

"내가 간다, 저녁 시사."

참으로 시사 피디스러운 하루

까톡, 까톡~

A작가: 오늘 ○○그룹 2심 재판 오후에 있네요.

B작가: 여객기 추락사고 뉴스도 크게 나오고 있어요.

 제작진이 모인 단톡방이 아침부터 울리기 시작한다. 사람들의 관심이 집중된 대기업 회장의 재판이 오후에 있으니 그 결과가 나오면 오늘 밤까지는 모든 방송에서 그 뉴스로 떠들 것이다. 여객기 추락사고도 국제뉴스 중에서는 톱뉴스라 케이블 뉴스 채널 화면에 10분에 한 번꼴로 계속 나오고 있다. 아직 원인이 밝혀지지 않았기에 전문가들과 국제관계 쪽 교수들도 섣부른 말은 아끼는 분위기지만 외신에서 후속 보도가 나온다면 저녁 때 커질 뉴스다. 우리 방송은 저녁 6시 11분에 시작되지만, 아침에 눈뜰 때부터 제작진은 뉴스에서 한시도 눈을 떼지 못한다.

아이를 등교시키고 나서 바로 텔레비전 리모컨을 잡고 앉아 노트북을 켠다. 여기저기 뉴스 채널을 돌려가면서 동시에 온라인으로 조간지를 읽는다. 조간지의 헤드라인을 장식한 뉴스들이 오늘 저녁까지 살아 있을지, 아니면 새로운 뉴스들로 대체될지 지금은 알 수 없다. 정치인들은 "정치는 살아 있는 생물"이라고 말하는데 "뉴스야말로 끊임없이 온몸을 팔딱거리는 활어"와도 같다.

저녁 방송이 나가는 순간에 과연 '살아 있을' 뉴스는 어떤 것일까? 지금은 포털사이트의 전면을 달구고 있는 뉴스가 오후에는 어떻게 될지 모른다. 조금만 기다려 볼까? 하지만 동시간대에 방송되는 비슷비슷한 라디오 시사 프로그램만 네댓 개에 이른다. 라디오가 전부가 아니다. 지상파 텔레비전의 저녁 뉴스들, 종편 채널의 시사 프로그램들이 모두 핫한 인물을 인터뷰하러 달려든다. 핫한 인물이라면 빨리 잡아야 한다. 신속한 결정은 점심 메뉴 고를 때만 필요한 것이 아니니까.

하루 단 두 시간의 방송 안에 어떤 뉴스들을 담을 것인 가를 선택하는 일이 제작진의 판단에 달려 있다. 동시다 발로 생산되는 셀 수 없이 많은 오늘의 뉴스 중 청취자의 귀를 솔깃하게 만들 뉴스는 뭘까? 사회적인 중요성이 있 으면서 듣는 사람의 흥미와 관심도 불러일으킬 뉴스, 두 시간 동안 채널이 돌아가지 않게 붙들어 둘 핫뉴스는 무 엇일까?

이러한 결정과 판단은 큰 고민을 동반하지만, 그럼에도 불구하고 신속해야 한다. 몇 시간 후 생방송이다. 고민 끝 에 인터뷰 주제와 인터뷰 대상을 결정했다고 쳐도 그 사 람과 바로 연락이 닿고, 또 승낙을 받아야 마침내 인터뷰 가 성사된다. 많은 사람들이 저녁 시간대에 바쁘기도 하 고 다양한 이유로 인터뷰를 거절당하는 경우도 많다. 주 로 아침 9시 이전에 방송되는 출근길 시사 프로그램은 상 대적으로 정치인들의 인터뷰 섭외가 저녁보다는 그나마 낫다는 게 제작진의 경험담이다. 저녁 6시 이후는 각종 모임이나 식사, 이동 등으로 바쁜 일이 많기 때문이다. 저 녁 시사 프로그램에 맞춰 스튜디오에 직접 출연하기 위해 서는 교통량이 몰리는 퇴근 시간대에 움직여야 하는 수고 로움도 감수해야 한다.

여러 가지 사유로 인터뷰 요청을 거절당했을 때는 다른 인터뷰 대상을 빨리 물색하거나, 이도 저도 실패했다면 불가피하게 다른 아이템으로 신속하게 방향을 바꿔야 한다. 섭외는 그야말로 복불복이다. 일찌감치 전문가에게 출연을 약속받을 때도 있지만, 방송 한 시간 전까지도 섭외가 안 되는 비상사태에 처하기도 한다. 급한 마음에 발을 동동 구르다가도 "그래도 방송 빵구 난 적은 없잖아!" 하면서 작가와 마주 보고 웃어 버린다. 이렇게 섭외가 안 돼서 허구한 날 애를 태우지만, 방송에 차질이 있었던 적은 없으니 돌아보면 참 신기하다.

섭외가 일찍 되더라도 안심할 수는 없다. 뜨거운 뉴스일수록 사태의 추이가 급변할 가능성이 높다. 한 편이 강경하게 나올수록 반대편의 대응도 강해지고, 갈등이 커질수록 역설적으로 해결의 시간은 가까워졌다는 뜻이다. 강 대 강, 대립하는 양측의 입장을 들어보는 것으로 순서를 짜고 섭외까지 마쳤는데 방송 직전에 '극적 타결' 속보가 뜨기도 한다. 사회적 관점에서 타결은 좋은 거지만, 방송을 준비하는 입장에서는 아무래도 맥이 풀린다. 아무튼 섭외된 아이템이 방송할 때까지 사안이 어떻게 변화하고 달라지는지를 따라가야 정확한 질문이 나올 수 있다. 정부 부처의 발표가 오후 5시가 넘어 나오는 경우도 있고, 방송시간 중 국회에서 중요한 투표가 이루어지기도 한다. 가까스로 아이템과 인터뷰이를 정해 놨는데 방송 한 시간 전에 속보가 터지기도 한다. 속보를 소화하려면 아무래도 아이템 중 하나를 취소시켜야 한다. 어렵사리 섭외한 인터뷰이에게 전화를 걸어 양해를 구하고 취소한 다음 그 자리에 속보를 준비한다. 한마디로 정해진 것은 없다. 그 날그날의 뉴스 상황에 따라 우리의 시간표는 바뀐다.

하루 사이에도 많은 일들이 일어나고, 어떤 뉴스가 벌어질지 예측하기란 힘들다. 많은 뉴스들 가운데 우리 프로그램에서 주제로 다룬다는 것은 그 뉴스에 주목했다는 의미다. 가치 판단이 숨어 있는 것이다.

엄밀히 말하면 라디오 시사 프로그램은 방송사의 저녁 8시 뉴스와는 다르다. 듣는 이들에게는 뉴스나 시사 프로그램이 모두 '보도'처럼 보일 수도 있지만, 시사 프로그램은 일반적으로 보도의 영역과는 차이가 있다. 뉴스가 기자를 중심으로 한 보도국의 소관이라면 시사 프로그램은 주로 피디가 제작한다. 텔레비전의 경우 기자들이 제작하는 시사 프로그램도 있고, 어떤 시사 프로그램은 기자와 피디가 함께 제작하기도 한다. 피디가 제작하는 시사 장르를 일컬어 '피디저널리즘'이라는 용어를 쓰기도 한다.

일반 뉴스와 비교할 때 라디오 시사 프로그램의 가장 큰 특성은 무엇일까? 나는 '아이템의 선택'이라고 생각한다. 오늘 벌어진 모든 뉴스를 시사 프로그램에서 다룰 수도 없고 다루는 것이 꼭 바람직하지도 않다. 어떤 소식을 집중적으로 조명하고 또 어떻게 접근할지 결정하는 것이 그래서 시사 프로그램에서 매우 중요한 일이다.

오늘 하루에 벌어진 많은 사건들 중 어떤 것을 선택할 것인가? 정치권에서 벌어진 논란, 산업재해 현장에서 목숨을 잃은 비정규직의 사연, 학교 앞 횡단보도에서 교통사고를 당한 어린이. 과연 어디에 중점을 둘 것인가? 아니면 바다 건너 미국에서 쏘아올린 민간 우주선 이야기를 조명해 볼 것인가?

모두 뉴스 주제로서의 가치는 있다. 다만 오늘 이 아이템을 선택한다는 것은 다른 아이템을 조명할 시간을 포기하는 것이기도 하다. 때문에 시사 프로그램은 매일 '선택'의 어려움에 직면한다. 조명해 볼 가치는 충분하지만 꼭 오늘이 아니라 며칠 후에 방송해도 괜찮을 아이템이나, 사건의 추이를 지켜보다 오히려 사람들의 관심이 눈덩

이처럼 커졌을 때 다루는 것이 더 효과적인 아이템이라면 후순위로 밀려난다. 사안의 시급성과 시의성을 판단하는 것이다. 시사 프로그램을 만들면서 내게 가장 어려운 일을 꼽으라면 바로 '결정'이다. 인생에서도 그렇듯이 말이다.

"한 번 한 결정에 후회는 없어요."

"뒤는 절대 안 돌아봐요."

A형도, B형도 아닌, C형Cool인 사람들이 있다. 이런 사람들이 나는 부럽다. 선천적인 '복기왕'인 나는 나의 행동을 자주 되돌아보는 편이다.

'이 결정은 잘한 것이었을까? 이걸 택하지 않고 다른 걸 택하는 게 더 나았던 걸까?'

뒤돌아보는 습관이 많았던 나에게 매일매일 중요한 결정을 하나도 아닌, 몇 개씩 내려야 하는 시사 프로그램은 큰 난관이었다.

매일 받는 청취자들의 문자와 전화, 제작진의 피드백, 그리고 경쟁 프로그램들 모니터링을 통해 오늘 방송을 돌아보고 내일 방송을 또 준비하는 것이 일상 업무의 과정인데, 나에게 가장 큰 부담거리는 오늘 내가 내린 결정과 판단을 되새김질하는 일이었다. 매일매일 수많은 선택과 결정을 내리는 직업인데, 이 선택과 결정을 몇 번씩 복기하고 있자니 이만한 스트레스가 또 없었다. 시시각각 변하는 뉴스를 놓치지 않고 따라가야 하고, 쏟아지는 수십 가지의 새 지식과 용어에 익숙해져야 하는 데만도 에너지가 필요한데, 정작 나는 지나간 시간에 대해 질문하는 데 에너지를 소비하고 있었던 것이다.

굉장히 힘든 시기를 겪고 나서야 조금이나마 해결책을 찾을 수 있었다. '좋은 방송'에 대한 판단은 청취자가 하지만, '좋은 선택'에 대한 판단은 누가 할까? 하나하나의 선택과 결정에 미진함이 있었다 하더라도, 그 결정에 이르기까지 쏟아부었던 나의 노력까지 스스로 비난하지는 말자는 결론에 도달했다. 우리의 일상이 100퍼센트의 완전무결한 성공으로만 이루어질 수는 없으니까, 매일 수십 개의 선택을 내려야만 하는 나의 일상도 성공과 실패가 적절히 섞여 있는 것이 자연스러운 일이 아닐까 하고 말이다.

우여곡절 끝에 두 시간의 방송이 끝나고 나면 보람과 기쁨, 아쉬움과 후회라는 재료들로 뒤섞인 묵직한 감정이 찾아온다. 어느 날은 기쁨이 조금 크고, 어느 날은 아쉬움이 조금 더 많이 섞여 있지만 딱 꼬집어 무엇이라고 말할 수 없는 날들이 하루, 하루 쌓여 간다. 오늘 하루 정신없이 준비한 두 시간의 방송은 눈에 보이지도, 손에 잡히지도 않는 것이지만 제작진의 노동과 시간으로 만들어진 상품과 같은 것이다. 이 상품이 누구에게 도달해서 어떤 효과를 거두고, 이 세상에 무엇 하나를 더 나아지게 했을까? 이 역시 눈에 보이지도, 잡히지도, 측정할 수도 없다.

'얼마나 많은 사람들이 흔들리는 버스에서, 지하철에서, 가게를 지키며 우리 프로그램을 들었을까?'

방송이 끝나면 썰렁한 사무실에 앉아 가끔 혼자 생각해보곤 하지만 답은 나오지 않는다.

우리 인생에는 소위 '총량의 법칙'이라는 게 있다는데, 스트레스에서만은 이 총량의 법칙이 적용되지 않는 것 같다. 오늘 엄청난 스트레스가 쏟아졌으니 내일은 좀 편하겠지 싶은데도, 내일이 되면 또 내일의 태양이 뜨듯이 내일의 스트레스가 찾아오니까 말이다. 그러니 오늘의 태양이 지고 무사히 하루가 지나갔으면 오늘의 스트레스는 잊어버리자. 다가올 내일의 스트레스를 위해 자리를 비워두어야 하니까.

내일도 저녁 6시 11분이면 어김없이 시그널은 나가야 하니까.

묻고 더블로 가!
판이 커진 시사 전쟁

유명한 정치논객 A 씨 이름이 포털사이트의 뉴스 면을 장식하고 있다. 관련 뉴스들을 검색해 보니 어제 A 씨가 모유튜브 방송에서 한 말이 밤사이 SNS를 타고 번지면서 논란을 낳았고, 그 논란을 많은 기자들이 기사로 올린 모양이다. 이름깨나 있다는 정치인들과 소위 정치논객들이 페이스북에서 한마디씩 과격한 말들을 덧붙이며 기사가 양산된 것이다.

제작진 단톡방에 유튜브 링크가 올라온다. 어제 A 씨가 출연했다는 그 유튜브 방송이다. 지상파 텔레비전도, 종편 채널도 아닌 개인의 유튜브 방송일 뿐인데도 조회 수

가 굉장히 높다. 무엇보다 그 발언으로 인한 파장이 이만
저만이 아니다.

유튜브 등 자유로운 개인 방송의 유행과, 개인들의 SNS
활동은 우리 사회에 일대 지각 변동을 몰고 왔다. 라디오
시사 프로그램도 이런 흐름에서 결코 자유로울 수 없다.
무엇보다 경쟁 상대가 많아졌다. 라디오 시사 프로그램은
오래전부터 라디오의 대표 장르였지만, 요즘 라디오 시사
의 경쟁 상대는 경쟁사의 라디오 프로그램들이 아니다.
조회 수 몇십 만을 넘는 시사 유튜브, 시사 팟캐스트 등
플랫폼 방송들이 모두 치열한 시사 경쟁을 벌이고 있다.
출연진 또한 지상파와 종편, 유튜브, 팟캐스트를 넘나드
는 사람들이 많다. 방송에 한 번 섭외하기도 힘든 유명 정
치인이나 사회 원로, 저명학자도 개인 유튜브 방송에 기
꺼이 출연해 허심탄회한 인터뷰를 나누기도 한다. 어려운
말로 '레거시 미디어$^{regacy\ media}$'라고 부르는 전통적인 미
디어 회사들과 인터넷 개인 방송의 체급 차이는 골리앗과
다윗의 싸움처럼 보일 수 있지만, 폭풍처럼 성장하는 슈
퍼베이비 다윗의 성장 속도는 이미 노쇠한 골리앗을 능가
할 지경이다. 기하급수적으로 커져만 가는 플랫폼 방송의

힘일 것이다.

하지만 지상파와 케이블 방송, 플랫폼 개인 방송은 모두 같은 경기장에서 뛰고 있지 않다. 개인 방송은 지상파나 케이블 방송과 달리 아직 방송 심의의 영역 밖에 있다. '객관성'이라는 심의 기준에서도 비껴나 있으니 발언의 자유는 비교할 바가 못 된다. 같은 정치 콘텐츠이지만 방송에서는 상상하기 어려운 원색적인 표현과 비속어, 농담도 개인 방송에선 통용된다. 발언이 세면 셀수록 '우리 편'의 결집력은 더 단단해지기 때문에 방송은 더 편파적이고 독해진다. 유튜브의 알고리즘에 힘입어 확증 편향은 점점 강해지고 우리 편의 결집력은 더 자극적인 콘텐츠를 원하게 된다. 지상파 방송과 유튜브 방송을 마치 올림픽 권투경기와 이종격투기 대회쯤으로 비교하면 적절할까?

물론 유튜브와 팟캐스트 등 '독한' 경쟁 상대들의 출현이 나쁘기만 했던 것은 아니다. 거슬러 올라가면 케이블 종편 채널들이 등장하면서 시사 토론 프로그램들이 꽤 생겨났고 그 이후로 전반적인 시사 장르의 인기는 상승세를 달려왔다. 여기에 시사 유튜브, 시사 팟캐스트 등이 나오면서 시사에 대한 사람들의 관심을 키운 것도 사실이다. 타이밍상 우리 사회의 정치적인 상황과 지형 변화도 이런 관심의 큰 요인이기도 했다. 어쨌든 '시사'라는 파이는 이전과 비교할 수 없을 만큼 커졌고, 이건 좋은 일이라고 할 수 있을 것이다. '시사'라는 것이 꼭 엄숙주의의 얼굴을 한 전문가와 학자, 직업 정치인만의 영역일 수는 없다는 점, 객관성과 중립이라는 지상파 방송의 틀 안에 끼워 맞춰져 평범한 사람들의 분노와 욕구를 담아낼 수 없었다는 점, 그런 틀을 깼다는 성과도 있을 것이다.

하지만 당장 시사 프로그램에 몸담고 있는 사람으로서는 매일매일 독하게 치고 나가는 유튜브, 팟캐스트와 경쟁하기란 쉬운 일이 아니다. 말 한마디라도 확실한 팩트와 증거에 입각해 전달해야 하며 객관성과 중립성을 잃으면 방송 심의의 매서운 칼날을 피해 갈 수 없는 지상파 프로그램과 달리, 경쟁 상대들의 방송에는 '의혹', '의심', '예측'이 난무한다. 형식이나 내용에도 제약이 없다. 노골적인 섬네일로 사람들을 끌어들이는 이 독한 상대들을 이길 수 있는 방법은 무엇일까?

지상파 방송들도 유튜브와 팟캐스트에 적극적으로 뛰어든 시대가 됐다. 제작비와 자원의 부족함으로 어쩔 수 없이 만들어지던 B급이 아니라, B급 아니 C급이 되고자 전략적으로 몸부림을 치는 A급들의 상황이 아이러니하다. 한편에서는 지상파 방송들이 개인 방송을 따라가려는 생각은 가능하지도 않고 옳지도 않다면서, 여전히 사람들은 지상파 방송만의 품격과 중립을 원하고 있다고 주장한다. 서로 다른 경기장에 있다는 사실을 받아들이고 이 경기장만의 차별화를 모색하는 게 낫다는 견해다. 시대의 변화에 따라 생존 전략을 찾아야 하는 것이 모든 기업의 과제이듯이 미디어 기업들 역시 마찬가지다.

날로 번창하는 개인 방송과 SNS에서 짚고 넘어가지 않을 수 없는 또 하나의 문제는 개인 방송이나 소셜미디어에 올리는 발언과 행동이 조금이라도 화젯거리가 된다 싶으면 이를 그대로 받아쓰는 인터넷 기사들이 양산된다는 것이다. 트래픽, 클릭 수를 늘리기 위해 별 내용도 없는 기사를 계속해서 베끼고 생산해 내는 어뷰징 기사, 정치인이나 연예인의 SNS를 지켜보고 있다가 올라오는 사생활을 기사라는 형식으로 써내는 것들, 그리고 정치인들이 SNS에 올린 말에 다른 정치인이 비난하는 SNS를 올리면 이를 마치 스포츠 중계하듯이 받아쓰는 기사들, 이런 기사들의 생리를 이용하려는 듯 실제 정치활동보다는 SNS에 한마디 올리는 것에 더 공들이는 정치꾼들.

앞뒤 맥락 없이 원색적인 제목이 클릭을 낳고, '많이 클릭한 뉴스'는 다시 클릭을 부르는 악순환 속에 쓰레기를 만들고 쓰레기를 소비하는 행태가 이어진다. 이런 쓰레기 산 속에서 단순히 '많이 클릭한 뉴스'가 아닌 '진짜 뉴스'를 건져내는 것은 매우 어려운 일이다. 비단 우리 같은 시사 프로그램 제작진뿐 아니라 일반 뉴스소비자에게도 이 것은 중요한 일이다. 지하철이나 엘리베이터를 기다리면서, 화장실에 앉아서, 음식점에 가서 음식을 주문하고 기다리면서 무심코 스마트폰을 들여다보는 시간을 더하면 우리는 적지 않은 시간을 인터넷 뉴스와 SNS에 소비하고 있지 않은가. 정보와 뉴스라고 생각했던 상당수가 막상 내용을 열어보면 낚시 바늘에 꿰어진 쓰레기일 때가 많다. 판이 커진 시사, 어느 때보다 미디어소비자의 판단이 중요한 때다.

오늘의 메뉴

'장사의 신' 백종원 대표가 요식업계 자영업자들에게 자주 하는 말.

"장사 잘되는 집 많이 드셔보셨어요?"

장사를 해보진 않았지만 백종원 대표의 말은 교훈을 준다. 다른 집은 어떻게 장사하는지 직접 가서 먹어보는 일이 내 장사의 출발이라는 사실.

시사 프로그램들도 마찬가지다. 옆집은 오늘 어떤 메뉴로 어떻게 장사했는지가 궁금하다. 매일 아침 10시, 스태프 단톡방에 공유되는 '타방송 내용'은 여러 라디오 아침 시사 프로그램에서 무슨 내용으로 누가 출연

했는지 모은 것이다. 경쟁 프로그램들은 어떤 뉴스를 주로 다뤘고, 그 뉴스에 어떤 인물을 인터뷰했는지를 훑어볼 수 있어서 좋다.

저녁 방송들도 마찬가지다. 저녁 6시대 시사 프로그램들이 방송을 시작한 지 한 시간쯤 지나면 대부분 그날의 차림표, '오늘의 방송내용'을 자사 홈페이지에 올린다. 이것을 모아 보면 오늘 다른 집들은 어떤 반찬으로 장사를 했는지 알 수 있다.

'맞아, 이 뉴스 나도 봤는데…….'

인터넷 포털에서 자주 볼 수 있는 사건사고 뉴스들. "헐, 이런 일이 다 있네~" 하면서 한번 놀라고 지나칠 수 있는 뉴스도 현장의 목격자를 찾아내 전화로 연결할 수 있으면 하나의 인터뷰가 된다. '아직 세상은 살 만한 곳' 류의 훈훈한 미담 뉴스도 요즘은 SNS를 타고 기사화가 자주 되는 아이템이다. 목격자나 선행의 당사자를 찾아내 연결하면 마음 따뜻한 인터뷰가 된다.

그런가 하면 우리 팀에게는 "정말 미안합니다. 저녁시간에 선약이 있어서……" 하고 출연을 거절한 분이 다른 프로그램에 출연했다는 사실도 알 수가 있다. 사람이 생각하는 것은 참 비슷해서, 욕심나는 인터뷰이에게는 같은 날 여기저기서 동시에 섭외가 들어갈 가능성이 높긴 하다.

'이게 아이템이 될까?'

뉴스를 보다가 생겨나는 궁금증, 하지만 아직 방송에서 다룰 아이템인지는 확신이 서지 않는 것들을 수첩 속에 묵혀 놓는 경우가 있는데, 경쟁 프로그램에서 먼저 방송할 때가 있다. 한발 늦었다는 탄식과, '이걸 어떻게 아이템화했지?' 하는 궁금증이 교차하는 순간이다. 안개 같은 궁금증과 손에 잡히지 않는 호기심을 뾰족하게 갈아서 하나의 아이템으로 만들기까지는 맥락과 배경지식을 파악하는 노력과 시간, 그리고 타이밍이 필요한데, 한마디로 '뭉개고 있다가' 경쟁 프로그램에 선점당한 셈이다.

같은 이슈를 다루더라도 어떤 인터뷰이를 섭외하느냐에 따라 방송의 내용이 달라진다. 어느 해 여름 최악의 폭우가 전국을 휩쓸고 간 무렵, 수해 관련 아이템들이 많았는데 어떤 시각에서 포인트를 잡느냐에 따라 접근이 달라질 수 있다. 우선 폭우로 인한 산사태로 야산이 무너져 내려 펜션들이 매립되는 가슴 아픈 사고들이 있었는데, 펜션을 건축할 때 건축 기준이 잘 마련되어 있었는지, 안전을 우선으로 설계되었는지 여부를 짚어 보며 접근하는 아이템이 있었다. 폭우가 언제까지 이어질지 전망하는 기상통보관이나 기상학자와의 인터뷰도 필수적이었으며, 최근에는 이례 없는 폭우가 과연 환경 파괴로 인한 기상이변 현상인지를 짚어보는 인터뷰도 많았다. 그런가 하면 폭우로 인한 이재민을 위한 대책이 왜 빨리 나오지 않는지, 어떤 대책이 필요한지를 꼬집는 인터뷰도 있었으며, 작년 폭우로 인한 이재민 대책이 이듬해 여름 또다시 폭우가 올 때까지 시행되지 않았다는 진단도 의미 있었다. 농가에서 키우던 소가 불어난 물로 인해 지붕 위로 피해 있는 사진이 많은 사람들에게 깊은 인상을 남겼는데, 그 소를 진찰한 수의사를 연결한 인터뷰도 있었다. 폭우가 올 거라는 재난 정보를 사전에 지역 주민들에게 알려주지 않아 대피할 시간을 놓쳤다는 비판의 인터뷰도 있었다. 전 국민의 관심사인 폭우와 수해라는 이슈를 다루면서도, 접근할 수 있는 포커스는 다양하다. 차별화되는 아이템, 차별화되는 인터뷰이를 내세워 뉴스 가치를 올리고, 청취자들의 관심을 선점하기 위한 고심이 계속된다.

타 프로그램의 방송 내용은 그 자체로 큰 참고서이기도 하다. 같은 이슈에 대한 여러 가지 접근과 시각을 깨달을 수 있기 때문이다. 만나본 적은 없는 제작진이지만, 경쟁 의식과 동업자 의식을 혼자 오간다고 해야 할까? 내가 미처 생각지 못한 인터뷰이가 타 방송에 나온 날이면 그 방송을 '다시 듣기'로 들어 본다. 요즘엔 생방송이 끝나고 얼마 지나지 않아 대부분 다시 듣기나 '다시 보기'가 업로드된다. 저녁 8시 하루의 방송이 끝나고 퇴근길에 다른 방송사의 방송을 다시 듣는 것이 마무리 업무다. 인터뷰가 재미있다면 재미있는 대로, 별로였다면 별로인 대로 얻을 것이 있다. 좋은 인터뷰이는 '나중에 섭외'라고 메모해 둔다.

타 프로그램의 '오늘의 방송 내용'은 나만 보는 것이 아니다. 지상파 라디오의 아침저녁 시사 프로그램 방송 내용은 대부분 홈페이지에 공개되어, 각 방송사의 피디들과 데스크가 모두 볼 수 있다. 전체 라디오 시사 프로그램들의 아이템을 종이 한 장에 나란히 놓고 보면 어느 아이템을 똑같이 다뤘고, 어느 아이템은 다루지 않았는지 일목요연하게 보일 텐데. 부담스러운 비교가 아닐 수 없다. 옆집 아이랑 비교당하는 건 어릴 때도 정말 싫어했는데.

그런데 여기서 아이러니한 점은, 우리가 오늘 선택한

아이템을 다른 방송들에서도 다뤘다면 과연 좋은 걸까 하는 것이다.

"그래, 오늘 주요 아이템을 놓치지 않았어!"

모두가 다루는 아이템이면 그만큼 중요한 것이니 중요한 뉴스를 빼먹지 않았다는 점에서 긍정적이다. 하지만 뒤집어 말하면 다른 데서도 다 하는 얘기를 했다는 말도 된다. 물을 먹어서도 안 되지만, 동시에 다른 곳에서는 들을 수 없는 이야기를 해야 한다는 것이기도 하다.

다른 채널에서도 다룰 만큼 중요한 거니까 우리도 해야 한다면, 차별화할 여지는 줄어든다. 반대로 차별화를 위해 색다른 코너를 만들고 색다른 주제를 선택하다 보면, 필수적인 이슈를 다루지 못할 가능성이 있다. 어느 점을 중요하게 잡고 갈 것인지는 피디의 선택이다. 물론 너무 어려운 선택이라서 매일 아이템을 고르는 동안 수명이 1분씩 단축되는 게 아닌가 싶지만 말이다.

반드시 둘 중에 하나의 우선순위를 선택하라고 한다면, 난 후자를 우선으로 삼고 싶다. 내가 하고 있는 시사 프로그램은 방송사 저녁 8시 종합뉴스와는 어차피 다른 것이다. 오늘 있었던 모든 주요 뉴스를 다 커버하려는 목적보다는, 청취자가 한 번쯤 생각해 볼 가치가 있는 이야깃거리를 제공하는 것이 프로그램의 의미라고 한다면, 종합뉴스 같은 프로그램보다는 이 프로그램에서만 들을 수 있는 특화된 아이템을 선정하는 것이 좋지 않을까?

하지만 아쉽게도 실제로 시사 프로그램을 제작하는 동안에는 이렇게 과감한 선택을 별로 하지 못했다. 다른 방송, 다른 뉴스, 다른 신문에서 톱뉴스로 다루는 것들을 과감히 버리고 "당신이 보지 못한 뉴스, 다른 곳에서는 말해주지 않는 뉴스가 여기 있습니다!"라는 식으로 만들지 못한 것이 영 아쉽다. 매일의 시사를 다루는 시사 프로그램의 정체성이 그날의 주요 뉴스를 커버하는 것이라는 의무감에서 자유로울 수 없었기 때문이다.

당신이 라디오 시사 프로그램에 기대하는 것은 무엇일까?

–훈훈한 뉴스도 전해 주세요.

가끔 이런 문자를 보내주는 청취자들이 있다. 애써 오늘의 뜨거운 뉴스들을 골라 방송을 만들었더니 두 시간 내내 스트레스와 분노 지수의 종합선물세트를 안겨주는 경우가 부지기수다. 스트레스와 분노, 갈등으로 꽉 채워진 두 시간의 뉴스는 정말 우리 사회의 현실을 반영하는 것일까? 절망스러운 기분이 든다. 그래서 어떤 소식과 정보를 전할 것인지 고르고 선별하는 일은 어렵다.

  방송 아닌 삶에서도 누구나 비슷한 선택의 기로에서 고민한 적이 있지 않을까?
  인생은 마치 하루 두 시간의 라디오 방송처럼 한정돼 있고, 이 시간 안에 어떤 것을 담아 인생을 채워 나갈 것인지 선택 앞에서 자유로운 사람은 없다. 우선순위의 리스트는 사람마다 다르지만 모두가 앞에 두는 것들을 우선 담을 것인지, 다른 이들이 담는 것들은 과감히 배제하고 남과 다른 것들로 인생을 차별화시킬 것인지 고민은 계속된다.

참을 수 없는
'게스트 모시기'의 어려움

피디^{PD}라는 말이 어디서 나왔는지 설이 몇 가지 있다. 프로듀서^{producer}, 프로덕션 디렉터$^{production\ director}$ 등의 줄임말이라는 얘기도 있다. 어쨌든 영어권에서는 피디라는 말을 쓰지 않는다 들었고, 일본 라디오 피디에게 듣기로는 '프로듀서'는 그야말로 기획과 관리를 하는 관리자고 우리 같은 제작 피디는 '디렉터'라 부른다고 한다. 그렇게 보자면 나같이 프로그램을 만드는 피디의 역할은 디렉터, 즉 감독에 가깝다고 할 수 있을 것이다.

영화감독은 본인이 의도한 바를 배우에게 연기하도록 시키고, 야구감독은 선수들을 적재적소에 기용함으로

써 자신이 계획한 작전을 그라운드 위에 실현한다. 아무리 뛰어난 선수출신 감독이라고 해도 자기가 직접 필드에서 뛸 수는 없다. 영화감독이 자신의 영혼을 대신해서 연기해 줄 '페르소나'를 찾고, 야구감독이 자신의 팀에서 핵심적인 역할을 할 최고의 타자를 공들여 영입하듯이 세상 모든 감독의 숙명은 첫째, 뛰어난 플레이어를 찾아내는 눈이고, 둘째, 그로 하여금 최고의 플레이를 펼칠 수 있도록 방향을 제시하고 용기를 북돋워 주는 역할을 하는 것이다. 세상 모든 감독들의 숙명에서 라디오 피디도 벗어날 수 없나 보다. 오늘의 아이템을 정하는 선택의 어려움이 온전히 피디와 작가, 진행자 등 제작진의 몫이라고 한다면 선택된 아이템을 현실에서 방송으로 구현해 내는 단계가 바로 게스트 섭외다.

게스트guest, 손님이란 뜻의 이 단어가 요즘에는 텔레비전이나 라디오에서 초대 손님이라는 뜻으로 쓰이면서 시청자들에게도 친숙하게 되었다. 라디오 프로그램에서 진행자는 많아야 한두 명이지만 많은 코너들이 그 외에 일회성 게스트 또는 고정 게스트의 활약에 의해 이루어진다. 다양한 내용과 재미를 주기 위해 좋은 게스트를 포진시키는 것이야말로 프로그램의 성패를 좌우한다. 시사 프로그램으로 좁혀 보면 게스트는 사실 '프로그램의 전부'라고 해도 과언이 아니다. 해당 사안을 잘 알고 있는 핵심 관계자나 전문가가 주로 시사 프로그램에서 원하는 게스트들이다. 게스트 없이는 시사 프로그램이 존재할 수 없을 뿐 아니라 같은 주제라도 어떤 게스트로부터 듣느냐에 따라 방송의 결과물은 큰 차이가 난다. 매일매일의 방송을 채워줄 좋은 게스트를 찾아 헤매는 것, 그것이 시사 프로그램의 주 업무라 해도 틀린 말이 아니다.

그럼 어떤 게스트가 좋은 게스트일까?

시사 판에는 같은 주제로 얘기하더라도 유난히 귀에 쏙쏙 들어오게, 알아듣기 쉽게 설명하는 게스트들이 있다. 똑같은 질문지로 인터뷰를 하더라도 이런 게스트들이 설명을 하는 날이면 "귀에 쏙쏙 들어오네요", "쉽게 정리가 되네요" 하는 청취자 문자가 많이 온다. 내가 꼽는 좋은 라디오 게스트의 첫째 덕목은 귀에 잘 들리는 목소리와 발음이다. 때로 신문에 기고한 내용이 너무 좋거나 해당 사안에 국내 최고라고 추천받아 섭외한 게스트인데 발음이나 목소리가 잘 전달되지 않아 아쉬웠던 적이 참 많다. 말이 너무 느려서 졸리거나 지루한 경우도 있다. 청취자에게 꼭 전달하고 싶은 콘텐츠인데 제대로 전달되지 않는다면 얼마나 아쉬울까.

두 번째 덕목은 초등학생들도 이해할 수 있을 정도로 쉽게 설명하는 능력이다. 집에서 동생이나 조카, 자녀의 숙제를 지도해 본 적이 있다면 알겠지만 내가 아는 것과 설명하는 것은 전혀 별개다. 자신의 뛰어난 지식을 잠시 내려놓고 일반인의 눈높이로 쉽고 단순하게 설명해 주는 능력이야말로 게스트에게 필요한 최고의 능력이다.

라디오는 자막이나 화면 없이 소리만으로 이해시켜야 하는 매체다. 사진이나 지도 같은 시각 자료가 필요하다면 눈에 보이듯 손에 잡히듯 말로 묘사를 해줘야 하고, 역사연표 같은 숫자들의 나열도 피해야 한다. 어려운 외국말이나 외국사람 이름, 전문용어 역시 처음 듣는 사람을 위해서 알기 쉽게 얘기해 주어야 한다. 라디오 앞에서 연필과 공책을 들고 있는 사람은 거의 없다. 운전을 하거나 일을 하거나, 운동 중에 들어도 쉽게 이해할 수 있어야 하고, 학생부터 노인까지 누가 들어도 무리가 없어야 한다. 하지만 말을 쉽게 잘한다고 해서 좋은 게스트가 되는 건 아니다. 남과 차별화되는 자신만의 의견, 통찰을 가진 게스트여야 최고라고 할 수 있을 것이다. 쉽게 얘기하면서도, 툭 하고 던지는 한마디에 진실이 담겨 있고, 비판의 날이 서 있는 말, 그런 말을 해주는 게스트가 필요하다.

또 한 가지 중요한 덕목은 시간 개념이다. 보통 라디오시사 프로그램 인터뷰 한 코너는 짧으면 8~9분 정도, 길면 25~30분까지도 주어지는데, 그날 주제와 질문의 분량에 따라 인터뷰 길이가 정해진다. 사건사고 현장에 있었던 목격자의 인터뷰는 보통 10분이 넘어가지 않게 목격한 사실 위주로 전달하고, 특정 사안에 대한 찬반 토론은 양쪽에게 균등한 시간을 배분하여 20~30분 정도 배정한다. 역사적인 배경 설명이 필요한 국제이슈는 12~15분 정도는 배정하려고 노력한다. 어쨌든 생방송으로 나가는 시사 프로그램이니만큼 한정된 시간 안에 준비한 내용을 소화해 주는 것이 중요하다. 그런데 라디오를 가만히 들어 보면 진행자들의 단골 멘트 중에 하나가 "시간이 부족해서 오늘은 아쉽지만 여기서 마무리해야겠네요"이다. 가끔 청취자들로부터 항의 문자가 오기도 한다.

–그러게 왜 시간을 이렇게 조금 편성합니까?

하지만 시간을 많이 배분한다고 해도 여전히 시간이 모자란 게스트는 모자라고, 지루한 게스트는 지루하다. 방송 경험이 있는 게스트일수록 주어진 시간에 맞춰 핵심적인 내용을 전달하는 데 익숙하다. 소위 '베테랑' 중에는 부스에 들어가기 전 "몇 분 할까요?" 하고 먼저 코너 시간을 확인하는 프로페셔널도 있다.

방송 경험이 많다고 무조건 좋은 것도 아니다. 방송에 많이 노출된 게스트는 그만큼 청취자에게 식상할 수 있다. 다른 방송에서 많이 나오는 사람, 틀면 나온다고 '수도꼭지'라는 별명이 붙는 사람은 지겹다는 뜻이다. 그래서 "어디 새로운 사람(이라고 쓰고 '새롭지만 방송을 잘할 것 같은 사람'이라고 읽는다) 없을까?" 하면서 사람 찾는 게 피디의 일이다. 전에는 주로 책, 신문, 잡지 등에서 많이 찾았지만 요즘은 유튜브라는 요물을 애용한다. 방송출연 영상이나 강연 영상 등을 보고 섭외에 참고한다. 이런저런 검색 끝에 라디오에 많이 노출되지 않은 신선한 인물을 섭외했을 때 좋은 방송이 나오면 발굴의 기쁨은 꿀맛이다.

하지만 좋은 게스트에 대한 나만의 기준은 여기까지만 읊도록 하겠다. 좋은 게스트의 덕목이라는 주제로 몇 페이지라도 가뿐히 써내려 갈 수 있지만, 어디까지나 그것은 내 마음속 희망사항에 지나지 않기 때문이다. 현실에서의 섭외는 '거절 또 거절'이라는 장애물 뛰어넘기처럼 어려움의 연속이다.

10여 년 전쯤에 프로야구 한국시리즈에 진출한 구단 감독님을 섭외하려 전화한 적이 있었다. 당연히 가장 큰 경기를 앞두고 섭외가 쉽지 않으리라 생각은 했지만 '라디오', '전화', '연결' 세 단어를 듣자마자 감독님은 전화를 끊으려 하셨다. 예상했던 바라 계속 매달렸다.

"감독님 10분, 아니 5분이면 됩니다. 정말 간단하게 파이팅의 한 말씀만 해주시면 돼요!"

"지금 정신이 하나도 없어서 인터뷰 못 합니다. KBS, MBC도 못 하는데 무슨……(딸깍!)"

생략된 문장은 당연히 '주요 방송사 인터뷰도 거절하고 있는데 다른 방송사와 인터뷰할 여력이 있겠느냐'는 뜻이었겠다.

그날, 그다음 날…… 시간이 지날수록 그때 그 전화기를 좀 더 붙들고 늘어졌으면 어땠을까 머릿속에서 며칠 동안 그 생각이 떠나지 않았다. 인터뷰를 거절당하는 일이야 부지기수였지만, 이렇게라도 한마디 더 해봤으면 후회나 없을 것 같았다.

"감독님! 지난 시즌 꼴찌팀이라고 다음 시즌에 한국시리즈 못 올라가라는 법 있습니까? 2군이라고 맨날 2군에서만 있으란 법 있습니까? 2군에게도 기회 한번 주시면 안 되겠습니까!"

끊으려는 감독님의 전화통에 대고 이렇게라도 우겨 봤으면 아쉬움은 안 남았을 것 같았다. 몇 날 며칠을 혼자 끙끙 앓으며 분을 삭이다가 든 생각이었다. 하지만 기회는 이미 지나갔고 섭외는 오직 타이밍일 뿐이었다.

인터뷰에 호의적이라고 하더라도 시사 프로그램의 특성상 오늘 이슈를 당일 인터뷰해야 하기에 어려움은 늘 있다.

"피디님, 이분이 오늘 집에 제사가 있다고 오늘 말고 내일 인터뷰하면 안 되냐고 하시네요."

섭외 전화를 넣은 작가의 표정이 울상이다.

"다른 방송에서 오늘 다 나가는데 내일 하자구요?"

친구 사이에 얼굴 보는 것도 당일 전화해서 만나자고 하면 예의가 아니건만, 방송국이랍시고 당장 오늘 나오라고 하는 것도 무례하기는 할 것이다. 이러니까 '방송국 놈들'이라는 유행어도 나오는 거 아닐까. 하지만 매일 급박하게 터지는 이슈를 내보내야 하는 시사 프로그램들은 최대한 뜨거운 이슈를 택해야 하기에 양해를 구할 수밖에 없다. 항공사고가 나면 몇 시간 안에 항공전문가를 섭외해야 하고, 지진이 일어나면 지진을 전공한 지질학자, 주식이 급락하면 주식전문가, 강력범죄 사건이 발생하면 형법전문가나 프로파일러를 섭외해야 한다. 각양각색의 사건이 터지기가 무섭게 뉴스 프로그램에 해당 분야의 전문가가 전화로 연결되어 열심히 해설을 해주고 있는 목소리를 들어봤거나 그가 직접 스튜디오에 나와 앉아 있는 모습을 본 적이 있을 것이다. 동병상련의 입장으로, 나는 그런 인터뷰를 볼 때마다 몇 시간 안에 전문가를 모셔다가 분장까지 마쳐서 스튜디오에 앉힌 제작진들의 모습이 눈앞에 선하게 그려져 마음이 짠해진다. 하지만 이런 저간의 사정을 잘 모르는 어떤 분들은 "당일에 전화해서 오늘 저녁에 나오라고 하는 게 어딨느냐?"며 역정을 내기도 하고, 제작진의 사정은 이해하지만 본인이 준비할 시간을 며칠은 달라고 하는 완벽주의자도 있다. 방송 출연은 원하는데 워낙 바빠서 몇 주 전부터 시간을 빼놓아야 하는 분도 있다. 특별히 시의성이 없고 언제 출연해도 청취자들이 좋아하는 가수나 배우, 소설가나 영화감독, 운동선수는 몇 달 전부터 공을 들여 출연 날짜를 받아놓는 경우도 있다.

　그나마 방송 출연에 호의적이라면 스케줄은 언제까지고 기다릴 수도 있지만, 일언지하에 거절하는 분들도 많다. 특히 전문가들일수록 자신에게 엄격한 탓인지 의외로 잘 모른다며 고사하는 분들이 있다. 신문에 한 면 가득 글을 기고하고도 막상 섭외 전화를 하면 "저는 그 주제에 대해 잘 모릅니다"라면서 완곡히 거절하는 분도 있었다. '이렇게까지 글을 써놓으시고 모른다니요!'라는 아우성이 목구멍까지 나오지만 "예, 다음에 선생님 전문 분야로 다시 모시겠습니다"라고 공손히 말하고 끊는다. 우리 같은 일반인의 '모른다'와 전문가들의 '모른다'는 말은 서로 다른 의미로 쓰이나 보다. 진짜 모르시는 건지 방송을 거절하기 위한 수사법인지 몰라도, 섭외가 성공하지 못했다는 결과는 변함없다. 한편으로는 자신의 지식에 한 점 부족한 점이 있어서는 안 된다는 엄격함으로 받아들이고 싶다.

　어쨌든 모두가 모시고 싶어 하는 게스트일수록 섭외가 힘들다. 듣는 사람들은 절대 알 리 없는 이런저런 섭외의 속사정들을 뒤로하고, 오늘도 섭외 전화는 계속된다.

시사 프로그램은
사람으로 시작해서 사람으로 끝난다

요즘 방송계에서 쓰는 말 중에 '떼토크'가 있다. 어느 시점부터 지상파와 종편 텔레비전을 중심으로 게스트를 많이 출연시키는 토크 프로그램이 유행을 하면서 나온 말인데 '떼거리로 하는 토크' 포맷이란 뜻이다. 편집을 거쳐 한 시간 정도로 방송을 타게 되면, 어떤 게스트는 깜짝 놀라거나 웃는 등 리액션 장면에나 몇 번 카메라에 잡힐 뿐 제대로 말 한마디 분량조차 없는 경우도 많았다.

텔레비전에서 시작된 소위 '떼토크' 포맷은 라디오에도 번졌다. 라디오는 열댓 명까지는 아니고 서너 명 정도의 게스트로 구성된다. 보통 일대일 인터뷰나 두 명 정도 불러 토론을 시키던 과거에 비교하면 출연자가 늘어난 것은 사실이다. 화면 없이 목소리만으로 사람을 구별해야 하기 때문에 한 스튜디오 안에 네 명 넘는 사람들이 대화하기 시작하면 듣는 사람은 피곤해지고, 누가 누군지 구분하기도 어렵다. 더군다나 치열하게 말로 싸워야 하는 토론은 진행자가 중간에 정리를 잘하지 않으면 소위 '오디오가 겹치는' 현상, 즉 말소리가 서로 겹쳐 청취자가 내용을 알아들을 수 없는 시장통 같은 상황이 생긴다.

한번은 경제 정책과 관련해 전문가 세 명 정도를 섭외해서 대담을 하기로 했는데 작가가 난색을 보였다. 이유를 물어보니 게스트들이 다들 "저 말고 또 누가 나오시나요?" 하며 패널 구성에 민감한 반응을 보인 것이다. 사실 이해도 되는 것이, 방송업계에서 자주 섭외하는 게스트 풀은 한정적이어서 다른 방송에서 치열하게 맞붙었거나 얼굴 붉히는 일도 있었을 법하다.

"그분이 나오신다면 저는 이번 출연이 어려울 것 같네요."

차라리 속 시원히 이유라도 알려준다면 고맙다.

특히 예민해지는 것은 소위 진영이 나뉘어지는 토론 코

너다. 정치 토론 게스트들은 대부분 상대를 가리지 않는다. 다만 "저 사람은 정말 싫다"는 경우가 있기는 하다. 정치판에서 이래저래 맞닥뜨릴 일이 많은 '선수'들 사이에 벌어진 모든 일을 제작진이 파악할 수는 없는 노릇, 본인이 한사코 거부한다면 굳이 한 스튜디오 안에 앉혀서 이득 될 일은 없다. 본인이 원하는 상대를 섭외하는 것이 토론을 위해서도 좋다. 그러나 100퍼센트 원하는 상대만을 섭외해 줄 순 없는 노릇이다. 상당수의 토론자는 대부분 '만만한' 상대를 추천하기 때문이다. 토론자 사이의 적절한 긴장과 균형이 이루어지도록 체급을 맞춰 매치를 성사시켜야 한다.

특별히 문제가 없던 상대일지라도 정치 토론에는 늘 긴장이 존재한다. 온에어 들어가기 전까지는 화기애애했던 스튜디오 안 분위기가 예민한 정치 이슈가 나오자 언성이 높아지고 서로 말꼬리를 잡고 늘어지기 시작한다.

"방금 그 얘기는 정정하셔야 될 것 같은데요."

"무슨 얘기요? 아니, 전혀 문제없고 이미 다 신문지상에 보도된 얘깁니다."

"방금 그 말씀, 책임질 수 있습니까?"

양쪽에서 사실 관계를 달리 주장하는 상황이 벌어지면

부스 밖의 제작진이 사실을 확인해서 진행자에게 재빨리 귀띔해 줘야 한다. 그러나 사실 관계가 알려지지 않은 이야기를 가지고 소위 '뇌피셜' 또는 '핵심 관계자 피셜'을 주장할 때는 확인도 되지 않는 말싸움으로 끝날 가능성이 높다.

토론에서 그런 열띤 언쟁 또한 재미의 한 부분인 건 맞다. 노련한 진행자일수록 적절히 싸움을 붙이는 기술이 뛰어나다. 하지만 열기가 선을 넘고 자칫 상대방에 대한 인신공격으로 흐른다면 토론자들도 사람인데, 감정이 상하지 않을 리 없다. 에둘러 "미안한데, 다음 주부터는 스케줄이 안 되서 빠져야 하겠어요"라고 알려오는 분도 있고, "저분과는 도저히 토론을 계속할 수 없어요"라고 돌직구로 토로하는 분도 있다. 마음 상한 출연자를 달래는 것도 제작진의 몫이다. 하지만 열띤 언쟁이 끝난 뒤에 서로 등 토닥이며 "스태프 분들과 회식 한번 해야죠"라는 말을 남기고 스튜디오를 떠나는 프로들도 있다.

어쨌든 정치 토론은 대부분의 시사 프로그램에서 빼먹지 않는 코너이다. 진영이 확실한 양쪽이 붙기 때문에 긴장과 집중도가 올라가기도 한다. 과거와 달리 스타일도 많이 자유로워져서 토론 곳곳에 유머를 섞어 날리는 게스트들이 청취자들에게 좋은 호응을 얻는다.

꼭 대결 구도의 토론이 아니라도 여러 게스트가 들어가는 떼토크에서는 게스트 본인들의 평안을 위해서나 방송의 결과물을 위해서나 궁합이 잘 맞는 짝을 잘 찾아줘야 하는 것이 중요하다. 요즘 말로 '케미'가 잘 맞는 짝. A와 B를 각자 섭외했을 때보다 A, B를 같이 초대했을 때 시너지 효과가 나고 질문지에도 없던 숨은 이야기까지도 나오게 만드는 효과가 바로 '케미'다.

둘 이상의 게스트가 출연할 경우 역할 분담을 확실히 해두면 좋다. 서로 반대 의견이 아니더라도, 각자 전공 분야가 달라 서로 보완해 줄 수 있는 게스트들이라면 효과적이다.

게스트의 케미는 게스트와 게스트 사이에도 있지만, 진행자와 게스트 사이에도 있다. 친구 사이나 직장 동료 사이에도 쿵짝이 맞는 사이, 왠지 말이 통하는 사이가 있듯이 진행자-게스트, 게스트-게스트 사이에도 궁합은 있지만, 그 궁합은 큐 싸인이 들어가기 전까지는 알 수가 없다. 최대한 그 사람의 성향이나 전공 분야, 관심사, 유머코드 등의 기초 자료로부터 '저 두 사람 잘 맞을 것 같다'

라거나 '이 세 사람 죽이 잘 맞을 것 같다'라는 예상을 할 뿐이다. 기대가 높았던 짝꿍 사이에 왠지 모를 어색함이 흐른다거나, 아니면 우연히 일회성 게스트로 나왔는데 진행자와 호흡이 너무 잘 맞아 고정 게스트로 자리매김한 사람들도 있다.

한편 '목소리의 궁합'도 굉장히 중요하다. 얼굴을 보지 않고 목소리만 듣고 있어야 하기 때문에 둘 또는 세 명의 목소리가 조화를 이루는지도 고려하지 않을 수 없다. 남자와 여자 목소리, 장년과 청년의 목소리, 탁한 목소리와 맑은 목소리…… 기왕이면 서로 다른 목소리들이 나와서 조화롭게 들리는지도 '짝 찾아주기'의 중요한 고려사항이다.

게스트에 관해 이 얘기 저 얘기 풀어보았는데, 사실 이모든 조건들은 단 하나의 조건 앞에서 다 소용없는 것이된다. 그 하나의 조건은 무엇일까? 바로 '당사자'다.

말을 잘하고, 귀에 잘 들리는 목소리를 가졌고, 알기 쉽게 전달하며 진행자와 호흡이 잘 맞는 게스트……. 좋은 게스트의 이런 모든 조건들은 사건 당사자의 인터뷰라는 말 앞에서는 다 사라져 버린다. 당사자의 인터뷰보다 중요한 조건이 과연 어디에 있겠는가?

라디오 시사 프로그램은 그날그날의 뜨거운 뉴스를 다

루긴 하지만, 텔레비전의 뉴스나 신문지상의 뉴스와 경쟁하기는 어렵다. 수많은 취재기자와 네트워크를 보유한 그들과는 달리, 라디오 시사 프로그램은 소수의 제작진이 만들어 가기 때문에 정보력이나 섭외력에서 열세일 수밖에 없다.

그러나 라디오 시사 프로그램이 그런 매체들에 우위를 가질 수 있는 장점이라면, 바로 사건 당사자의 목소리를 직접 내보낼 수 있다는 것이다. 정치 이슈라면 정치인의 입에서 직접 답을 들을 수 있고, 사회 이슈라면 갈등 당사자의 입장, 더 나아가 그 속에 담긴 억울함이나 분노, 호소를 직접 그의 목소리로 전달할 수 있다는 점이다. 직업 정치인이나 학자가 아닐 수도 있지만, 그러면 또 어떤가? 사건의 당사자가 떨리고 때로는 격앙된 목소리로, 때로는 슬픔에 가득 차 목멘 소리로 말하는 그 직접성이 라디오만의 뜨거움이라고 할 수 있다.

당사자를 직접 섭외하는 것은 언제나 어려운 일이다. 더욱이 글자로 한번 정제된 것이 아니라 그 장본인을 직접 마이크 앞에, 또는 전화 수화기 앞에 세워야 하는 일은 매우 희박한 가능성을 안고 달려드는 지난한 섭외의 노력이 필요하다.

이렇듯 방송이란 정말 '사람'으로 시작해서 '사람'으로 끝나는 일인 것 같다. 경험으로부터 얻은 노하우와 기술이 필요하지만, 그것들을 모두 무용지물로 만들어 버리는 것은 바로 사람이기 때문이다. 사람을 이해하고 사람을 알아야 하기에, 사람의 마음을 얻어야 하기에, 하면 할수록 방송이 어려운 이유도 바로 그래서인가 보다.

오늘 방송은······
침묵입니다!

하루 3방, 괴력 타자.

지금으로부터 20여 년 전 어느 날, 한 스포츠신문의 1면 헤드라인이었다. 한 프로야구 팀의 타자가 한 경기에서 홈런을 세 방 터뜨렸다는 내용이었다. 하루 세 방이면 '괴력'이라는 말이 아깝지 않기는 하다. 그런데 내가 오래전 어느 날의 스포츠신문 1면 헤드라인을 기억하는 이유는 그 내용 때문이 아니다. 대학 신입생이었던 내가 이 기사를 가지고 토론하게 됐던 학회의 경험 때문이다.

1990년대 후반, 대학에는 '학회'라는 과내 공부 모임이 있었다. 교수들이나 학자들이 모이는 학회가 아니라, 선후배 학생들이 모여 철학과 교양 도서들을 공부하면서 정치나 사회에 대한 비판의 눈을 키울 수 있는 곳이었다. 물론 새내기들이 이런 것에 관심이 있을 리 없었고 지정 도서를 앞에 펴 놓고 한두 시간 앉아 있다가 끝나고 소주나 마시러 가는 것이 전부였지만, 그래도 어린 나의 머리에 적지 않은 파장을 불러일으킨 내용들도 있었다. 그중 하나가 '신문 읽기'였다.

매체가 많아진 요즘, 뉴스를 한 곳에서만 보는 사람은 없을 것이다. 하지만 내가 어릴 때는 밤 9시 뉴스는 9시 정각에 텔레비전 채널을 맞춰야만 볼 수 있었고, 아버지나 어머니가 9시에 채널을 맞추는 방송사가 정해져 있었다. 신문이라면 집에서 구독해 보는 신문이 곧 내가 보는 신문이었다. 우리 집 역시 전통 있는 일간지 한 개와 그 신문사에서 발행하는 스포츠신문 등 두 가지를 구독하고 있었다. 당시 나는 신문이나 방송마다 보도의 내용이 다를 수 있다거나 해석이 다를 거라는 생각을 해본 적이 없었다. 신문의 사설은 잘 쓴 논술이나 다름없으니 대학입시 논술시험에 대비해서 틈나는 대로 열심히 신문 사설을 읽어야 한다는 논술 강사들의 이야기가 대세였던 시절이었다. 이런 나에게 "신문을 비판적으로 읽어야 한다"는 학회에서의 토론 주제는 다소 충격으로 다가왔다. 더구나 중학교 때까지 프로야구를 좋아해서 늘 스포츠신문을 즐겨 보던 나에게, 스포츠신문의 헤드라인에 얼마나 문제가 많은지 지적하는 선배들의 의견 역시 충격을 주었다.

"여기 보십시오. 하루 세 방, 괴력, 헤드라인의 글자 크기가 너무 크고 색깔도 빨간색입니다. 표현이 너무 자극적이고……."

그날 학회에 선배들이 가져온 일간 신문들 중에 "하루 3방, 괴력 타자"라는 헤드라인이 있었는데 여기에 대한 비판도 있었다. 나는 혼자서 생각했다.

'하루 세 방이면 괴력은 맞는데…….'

스마트폰 작은 화면 안에서 전국에서, 아니 세계에서 발행되는 신문을 모두 볼 수 있는 요즘 시대에는 방송 뉴스도 생방송이 끝나면 모두 인터넷에 업로드된다. 언론 전문가가 아니라도 방송과 신문의 보도 내용부터 논조까지 한눈에 비교하며 읽는 시대가 됐다. 20여 년 사이에 언론을 받아들이고 해석하는 시민들의 수준과 관점은 놀랄 만큼 성장했다. 어떤 기사가 사실에 가까운 내용을 전달하고 있는지, 의견이나 예상을 담고 있는 기사라면 뒤에는 어떤 근거가 제시되어 있는지, 기본적으로 해당 신문사나 해당 기자가 견지하고 있는 방향성은 무엇인지 등 시민들은 언론을 받아들일 때 객관적이고 비판적인 시각으로 본다.

하지만 시민들의 뉴스 비판력이 놀랄 만큼 성장한 동시에 아이러니한 것은 무책임한 언론사와 기사의 숫자도 그만큼 늘어났다는 사실이다. 기존의 언론뿐 아니라 인터넷과 개인 방송 등 수많은 창구들이 생겨나면서 뉴스를 제대로 골라서 봐야 하는 어려움은 더욱 커졌다.

시사 프로그램을 제작하면서 하루 종일 뉴스 채널을 보고 인터넷의 기사들을 계속 클릭해야 하는 나 역시 '과연 어느 것이 사실일까?' 하는 의심의 시각으로 뉴스를 봐야 한다는 강박에 시달렸다. 개인 방송과 팟캐스트, SNS 등 공적인 뉴스 창구라고 할 수 없는 곳들을 통해 흘러나오는 관계자들의 주장과 카더라 통신, 그리고 이를 다시 인용이라는 형태로 기사화하는 뉴스들도 많은 요즘, 사실과 주장을 구분해야 할 필요성 때문이다. 자극적인 기사가 인터넷을 하루 종일 달군 다음 사실 관계가 틀린 것으로 밝혀지기도 하고, 하루 뒤 반대쪽 가해자의 주장이 나왔는데 '사실은 이랬다'라는 식의 반박 기사가 나오기도 한다.

사실과 사실 아닌 것이 뒤섞인 사이에서 두 가지를 구분하고 걸러내야 한다는 생각 때문에 늘 의심을 전제로 하면서 모든 뉴스와 기사를 읽어야 한다. 직업적 특성에서 나온 합리적 의심이었지만 기사를 읽을 때 항상 모든 것을 의심하면서 읽기란 피곤한 일이다. 하지만 의심은 매우 중요하다. 의심에서부터 이야기의 실마리가 나오기도 한다. 기사나 보도를 보면서 개인적으로 이해가 가지 않거나 의심이 생기는 부분은 제작진과 상의하고 전문가들에게 자문을 구하기도 하면서 내용을 파악해 나가야 한다.

조금 다른 얘기지만, 기사에 보도된 정치인이나 특정 인물의 발언을 보면서 '왜 지금 이런 이야기가 나왔을까' 하는 의도와 목적, 과정 등을 추정해야 한다는 강박관념도 시사를 제작하면서 심해진 증상이다. 오랜 시간 시사 프로그램을 제작해 온 피디들이나 시사 전문 작가들은 뉴스의 흐름을 장기간 읽어 와서 숨은 의도를 읽어내는 데 빠삭하다.

"하필 왜 지금 이 이슈를 들고 나왔을까요?"

행정부나 국회, 정당에서 오랫동안 묵혔던 안건을 갑자

기 들고 나올 때가 있다. 그러면 모든 언론의 스포트라이트는 새로운 안건에 집중된다. 이 안건이 처음 나온 것이 아니며 어떤 역사와 과정이 있었는지부터 장단점은 무엇인지, 이 안건을 두고 싸우는 양측은 어떤 입장인지 등등 언론이 소화해야 할 내용은 많으니까 방송과 신문은 이 안건으로 뒤덮인다. 순식간에 판이 바뀌는 것이다.

시기적으로 그 이슈를 논의할 필요성이 커졌기에 들고 나왔다고 할 수 있다. 하지만 모든 것을 의심해야 하는 직업이기에 어떤 맥락에서 이것이 나왔는지 찾아보려는 버릇은 버릴 수 없다. 숨은 의도나 판세를 읽어내면 좋겠지만, 사실 오랜 경력이나 통찰이 필요한 경우가 많기에 쉽지 않다.

이런 노력을 하는 이유는 수많은 말의 성찬에 속지 않고 궁극적으로 사람들이 알아야 할 기본과 핵심을 놓치지 않아야 한다는 목표 때문이다. 하지만 너무나 많은 말이 난무하는 이 시대에 기본과 핵심을 찾아내기란 꼭꼭 숨겨진 보물을 찾는 일처럼 어렵기만 하다. 말로써 자신이 원하는 것을 관철시키려는 사람들, 자신이 관철하려는 목표를 또 다른 말로써 감쪽같이 은폐하려는 사람들, 실제로는 존재하지 않는 허상을 말로써 만들어 내어 사람들을 현혹하는 사람들…… . 세상의 말들은 너무나 많은데, 말이 실재와 꼭 맞아떨어지지 않은 때가 많아 두 가지를 구별해 내는 것은 어렵다.

때로는 이렇게 많은 말들이 난무하는 세상에, 라디오 프로그램을 만드는 나조차 쓸데없는 말들을 더 얹기만 하는 것은 아닌가 하는 회의감에 사로잡히기도 한다. 이미 이 세상에 말들은 충분히 차고 넘치는데, 여기에 한마디 더 보태는 것이 어떤 도움이 될까? 과잉으로 생산되는 말들 속에서 필요한 말을 구별해 내는 것이 더 필요한 일 아닐까? 너도나도 네가 틀리다 내가 맞다면서 한마디씩 보태는 말이 모여 핵심을 덮어버리는 것이 아닐까? '라디오'라는 말 공장에서 말을 찍어내는 노동자인 나는 급기야 어느 순간 '말 멀미'에 시달리는 듯한 현기증을 느낀다.

그러면서도 날마다 프로그램을 만들기 위해 새로운 '말'들을 찾아 나서야 하는 일은 고되다. 특히나 몇 날 며칠 이쪽저쪽의 말들이 대립하고 갈등할 때는 더욱 그렇다. 반복되는 말의 대립 속에 더 심한 말, 더 강한 말이 튀어나오고 '중립'과 '공정'이라는 방송의 의무를 다하기 위해 이쪽과 저쪽의 말들을 공평하게 다루어야 할 때는 더욱 곤혹스럽다.

사람들이 진짜 알아야 할 핵심과는 점점 멀어진 채 말들의 전쟁터가 된 현장을 중계하는 것이 어떤 의미가 있을까? 이럴 때는 "오늘 방송은…… 침묵입니다!"라고 외치고 싶을 때도 있다. 말은 인류가 사회를 이루고 살아온 이후부터 계속 있었지만 우리 입 밖으로 발화되어 이 세상에 태어나는 단어들의 숫자가 지금처럼 많았던 시대가 있었을까 하는 생각마저 든다.

이런 시대에 하루 두 시간의 말을 기어이 더 보태면서 라디오가 할 수 있는 일은 무엇일까? 겹겹으로 덮여진 말의 더께 속에서 파묻혀 보이지 않는 핵심의 말을 찾아내는 역할을 과연 할 수 있을까? 아이러니하게도, 수많은 말과 말의 더께를 걷어내고 진짜를 찾아 전달해야 하는 일 역시 우리는 서로 '말'을 통해서 할 수 있다는 사실. 지금까지 찾은 답은 여기까지다.

2

티브이 피디 아니고,
라디오 피디입니다만

인생도 생방송, 라디오도 생방송

개편하고 첫 방송을 앞둔 날, 여지없이 꿈자리가 뒤숭숭하다. 멍한 머릿속을 천천히 더듬어 보니 종종 꾸는 악몽을 어제도 꾸었다.

개편 전이나 뭔가 머릿속이 복잡한 날에 여지없이 꾸는 꿈이 있다. 생방송 중에 '블랭크'가 나는 꿈이다. 블랭크blank. 글자 그대로 라디오에서 아무 소리도 나가지 않는 침묵 상태가 몇 초 이상 지속되는 현상, 즉 방송사고다.

내가 꾸는 블랭크 꿈에는 몇 종류가 있는데, 스튜디오에 빨간 온에어on-air 불이 들어왔는데 진행자가 아무 말도 안 하고 벙긋벙긋 웃고만 있는 꿈이 대표적이다. 1초, 2

초…… 시간은 흘러가고 방송사고라는 생각에 꿈에서도 진땀이 날 만큼 온몸이 조여오지만 내 꿈속의 이름 모를 진행자는 해맑게 웃으며 내 얼굴만을 바라본다. 악몽 속에서는 늘 그렇듯 손가락 하나 움직일 수 없고 있는 힘껏 소리쳐도 신음조차 뱉어지지 않는다.

　한 방송작가의 얘길 들으니, 피디들은 블랭크가 발생하는 꿈을 꾸고, 작가들은 생방송 직전인데 원고가 준비 안 된 꿈을 꾸며, 진행자들은 생방송에 지각하는 꿈을 꾼다고 한다. 우열을 가리기 힘든 특급 악몽들이다. 이 악몽들의 공통점은 모두 '생방송'을 전제로 한 사고란 점이다.

　텔레비전 예능이나 쇼, 드라마는 대부분 녹화로 제작된다. 이에 비해 라디오는 기본이 생방송이다. 다큐멘터리나 라디오드라마는 편집이나 완성도의 문제로 사전 녹음으로 제작되지만, 디제이가 있고 음악을 들려주는 친숙한 포맷의 프로그램들은 사정에 따라 간혹 사전 녹음을 할 뿐, 생방송이 기본이다.

　그래서 라디오에서는 '방송사고 오브 방송사고'라고 하면 프로그램의 진행자가 제시간에 도착하지 못하는 것일 테다. 그런 일은 자주 일어나지도 않고, 일어나서도 안 되지만 극심한 교통체증 때문에 진행자가 지각하는 경우 앞 프로그램의 진행자가 잠깐 맡아주기도 하고, 늘 회사에서 교대근무를 하는 당직 아나운서가 맡기도 한다. 나 또한 제작을 담당한 프로그램에서 진행자가 제시간에 오지 않아 마침 일찍 와 있던 게스트에게 대신 마이크를 주며 오프닝을 시킨 적도 있다. 첫 곡은 무려 6분이 넘는 '딥 퍼플'의 '하이웨이 스타Highway Star'였다. 최대한 시간을 벌기 위한 안간힘이었다. 다행히 '음악이 딱 어울린다', '도로를 달려오는 진행자의 모습이 상상된다'며 재미있어 하는 청취자가 많았다.

타 방송 이야기지만 여의도 벚꽃축제의 인파 때문에, 혹은 갑자기 쏟아진 폭설로 길이 마비돼서 단체 지각을 했던 날도 라디오 세계에서는 전설적인 대형 사고의 날로 꼽힌다. 차 안에 갇혀 있는 디제이를 전화 연결해 오프닝을 시킨, 한 담당 피디의 이야기는 참으로 본받을 만하다. 어떤 상황에서도 당황하지 않고, 난처한 현실을 한번 뒤틀어 웃음으로 승화시킨 아이디어다.

어쨌건 라디오 생방송의 에피소드를 말해보라 하면 라디오 피디마다 수십, 수백 개는 나올 만큼 이야기는 무궁무진하다. 생방송이다 보니 단순한 말실수도 주워 담을 수 없기에 바로 정정하고 사과한다고 해도 엎질러진 물이다. 방송에 익숙하지 않은 일반인 출연자는 자신도 모르게 비속어를 내뱉기도 하고 브랜드명을 얘기해 버리기도 한다. 과거에는 많이 사용됐던 단어지만 요즘은 인권이나 성인지 감수성 등에 따라 써서는 안 되는 단어들이 튀어나올 때도 있다. 사전 녹음을 할 때는 녹음을 중지했다가 다시 할 수도 있고, 후에 편집도 가능하지만 생방송은 실시간으로 전파를 타고 나면 이미 그 말은 내 손을 떠난 뒤다.

그래서 생방송은 그만큼 철저하고 많은 준비가 필요하다. 분초 단위로 짜놓은 큐시트와 이에 상응하는 음악 파일들, 디제이와 초대 손님이 나눌 이야기의 대본, 그리고 이 대본을 충분히 숙지한 디제이. 그래서 말과 말 사이, 말과 음악 사이에 블랭크가 발생하면 안 되고, 디제이와 초대 손님의 대화는 우왕좌왕하지 않도록 유기적으로 연결되어 있어야 매끄럽다. 하지만 이렇게 준비를 하더라도 초대 손님의 발언을 완벽히 통제하기는 불가능하다. 특히 방송에 익숙하지 않거나, 자유로운 영혼의 소유자인 분들은 대본과는 전혀 상관없이 의식의 흐름대로 인터뷰를 하기도 한다. 준비한 내용은 다 소화하지도 못한 채 엉뚱한 이야기로 빠진다거나, 정작 해야 할 이야기는 건드리지도 못하고 코너를 끝내야 하는 상황도 벌어진다.

　방송이 디지털화되면서 음악도 LP, CD의 시대를 지나 디지털파일로 대체된 지도 오래됐다. 손에 잡히지 않는 디지털 파일들은 그만큼 편리하다고 여겨지지만 오히려 역설적으로 늘 손상의 위험이 존재한다. 녹음, 편집 과정 모두 디지털로 이루어지기 때문에 프로그램을 다루는 사람의 부주의로 인해 실수의 위험성은 늘 존재함에도 불구하고, 디지털은 아날로그보다 왠지 더 신뢰성 있고 안전하다는 착각을 심어준다. 파일 이름이 잘못 기재되어 생방송 중에 엉뚱한 음악이 나가는 실수도 흔하다.

　하지만 가끔은 생각한다. 홍상수 감독의 영화처럼 현실 속의 진짜 대화는 우왕좌왕, 동문서답, 그리고 블랭크로 이루어진 것이 아닌가 하는 생각 말이다. 우리 인생은 그야말로 생방송인데, 어떻게 실수 없이 구성될 수 있단 말인가.

　마흔 중반으로 들어서서 그런지, 아이를 낳을 때 전신마취를 해서 그런지 요즘 부쩍 아는 단어도 생각이 안 나고 연예인 이름도 입에서 맴맴 돌며 안 나올 때가 많다. "그거 뭐더라~" 하면서 몇 초의 버퍼링이 걸리고 나서야 대화가 재개되는 나의 일상생활을 라디오로 친다면 어찌 성공적인 생방송이라 할 수 있을까. 이 길이 맞나, 저 길이 맞을까 기웃대며 날려버린 20대의 시행착오들과 나에게 어울리지 않는 헛된 꿈과 낙방으로 점철된 씁쓸한 시간들, 큰소리치고 시작했지만 흐지부지된 공부…… 30대엔 인생이라도 터득한 듯 후배들에게 헛소리도 많이 하고 다녔지만 지금 생각해 보면 '자다가 이불킥'이다. 내가 살아온 날들이 라디오 생방송이라면(편집도 할 수 없는 생방송이라면) 웃지 못할 방송사고 에피소드가 넘쳐나진 않을지.

하지만 우리 인생처럼, 라디오엔 내일이 있다. 생방송을 좀 망친다 한들 어떤가, 오늘 잘못하면 내일 만회할 방송이 있다. 생방송이 마음처럼 잘되지 않은 날은 퇴근길 발걸음이 아주 찝찝하다. '그때 왜 그런 실수를 했을까. 왜 그 실수를 막지 못했을까.' 그럴 때 해결의 주문은 딱 하나다.

"하루만 방송하고 끝낼 건 아니잖아."

인생도 그렇듯이 말이다.

1초에 울고 웃는 편성 피디

"요즘은 무슨 프로그램 해?"

"요즘 프로그램 제작 안 해. 편성팀에 있어."

"편성? 그게 뭔데?"

친구들에게 가끔 듣는 물음이다. 피디라고 하면 늘 스튜디오에서 제작하는 모습을 생각하는 사람들에게, 책상 앞에 앉아 있는 피디의 모습은 의외일지 모른다. 방송사마다 조직 구성과 상황이 다르지만, 중소 규모의 라디오 방송들은 제작 피디와 편성 피디를 오가며 일하는 경우가 많다. 나만 해도 16년여의 방송국 생활 동안 편성 피디로 있던 시간을 더해 보니 4년에 이른다.

매일 스튜디오에서 새로운 아이디어를 내며 분주한 하루하루를 보내다가 '나인 투 식스'로 책상 앞에 앉아 서류를 만지는 편성 피디가 되면 답답증이 찾아오는 것도 사실이다. 나 또한 편성팀으로 발령 날 때 괜히 기분도 내려 앉고 풀이 죽었던 순간도 있었다.

　"선배님, 저 이번 개편에 편성팀으로 발령 났어요."

　개편 때 로테이션으로 편성팀에 가게 되는 후배들이 가끔 나라 잃은 얼굴로 하소연하기도 한다. 나 역시 그랬던 시절이 있으니까 어떤 마음인지 안다. 매일 스튜디오에서 생방송을 만들어 내는 긴장감과 많은 게스트들을 만나는 즐거움, 방송을 마치고 나서 스태프들과 맥주 한잔 기울이며 갖는 뒤풀이 등 '현업 라이프'를 한동안 멀리 한다니 무슨 낙으로 회사를 다닐까 싶은 무력감이 찾아오기도 했다. 하지만 라디오에서 편성의 중요성을 알게 된 지금은 편성의 경험이 꼭 필요하다고 믿는다. 아무래도 '꼰대라떼'를 한잔 마시고 이야기를 시작해야겠다.

　라디오에서 편성은 비유하자면 허리중추와 같다. 편성에서 하는 일은 참으로 많지만, 제일 중요한 일은 '일일 운행표'를 만드는 일이다. 일일 운행표는 인체로 보자면 척추뼈와 같고, 한 사회로 보자면 법이나 질서와 같다. 쉽게 말해 하루 24시간을 초 단위로 짠 라디오의 시간표다. 매시 0분 0초에 시보(매시 정각을 알리는 종소리)가 나가고 그다음에 아나운서가 뉴스를 방송한 다음, 공익 캠페인이 방송되고 이어서 1분 교통 정보를 전하는 리포터의 목소리가 나간다. 프로그램이 시작되기 직전에 "이어서 〈9595쇼〉 1부가 방송됩니다. TBS FM!"이라고 말하는 아나운서의 '콜 사인'이 방송되면 드디어 〈9595쇼〉의 시작을 알리는 음악인 시그널이 울려퍼지게 된다. 하루 24시간의 빽빽한 시간표 안에는 하루 동안 방송되는 프로그램들이 모두 들어가 있을 뿐 아니라, 이 프로그램들이 생방송인지 녹음물인지, 또 스튜디오에서 엔지니어의 손으로 직접 파일을 조작하는 것인지, 자동 송출로 나가도록 설정되어 있는 것인지, 1스튜디오에서 방송되고 있는지 혹은 2스튜디오인지가 적혀 있고 각 프로그램의 진행자 이름과 담당 피디의 이름까지 들어가 있다. 거의 듣는 이 없는 새벽 5시의 '방송개시 멘트'도 일일 운행표엔 표시되어 있다.

　새벽 프로그램이나 주말 프로그램은 진행자나 출연자의 사정에 따라 사전 녹음을 할 때가 있다. 이렇게 녹음하는 프로그램의 스케줄도 일일 운행표를 만드는 편성 피디가 모두 파악하고 있어야 한다. 이 편성표에 따라 엔지니어가 녹음 파일을 전송시킬 준비를 하며, 녹음물 송출할 때 아나운서가 스튜디오에 예비로 대기하고 있게 된다.

한마디로 일일 운행표엔 피디들뿐 아니라, 아나운서, 보도국기자, 기술 엔지니어, 교통정보 리포터 등 라디오에서 일하는 모든 부서 사람들이 연관돼 있다. 오늘 하루 라디오가 이 일일 운행표에 의해 돌아가는 것이라 해도 과언이 아니다. 이런 일일 운행표에 1분 1초라도 실수가 있다면 어떻게 되겠는가!

다음 날의 일일 운행표는 별일 없으면 전날 오후에 마무리되는데, 운행표를 관련 부서에 모두 배부하고 나서 최대한 퇴근을 늦게 하라는 선배들의 가르침이 있었다. 그 이유는? 만약 운행표를 배부한 다음 실수가 발견되면 집에 갔더라도 다시 회사로 돌아와 고쳐야 하기 때문이었다. 운행표에 실수가 있다는 걸 발견하고서도 고치지 않는 일은 결코 없다. 운행표를 고치는 일은 작성자만이 정리할 수 있기 때문에 퇴근 후라도 본인이 다시 나와야 하는 일이 많았다.

실수를 발견하고 수정할 수 있다면 오히려 운이 좋은

편이다. 실수를 발견하지 못한 채 잘못된 공익 캠페인이 나간다든지 시간이 잘못 배분돼서 방송 시간이 밀리거나 캠페인이 다 방송되지 못한 채 뒷부분이 짤리면 그야말로 현기증 나는 사고다.

그러다 보니 편성 피디를 거친 사람은 좋으나 싫으나 무의식중에 전체 운행의 맥락을 알 수 있다. 오로지 내 프로그램만 보던 근시안에서 벗어나, 라디오의 24시간은 어떤 흐름으로 편성되는지, 그 사이에 협찬 캠페인과 공익 광고, 교통 정보와 뉴스는 어떤 리듬을 가지고 편성되는지, 수많은 공적 정보들의 연결로 이루어진 라디오의 하루를 조망할 수 있는 것이다. 그래서 외부에선 잘 알 수 없지만, 나름대로 '음지의' 보람이 있는 일이기도 하다. 제작 피디라면 누구나 한 번쯤 편성을 거치게 하는 이유는, 업무 배분의 형평성도 있지만 편성의 경험이 라디오라는 매체를 많이 이해할 수 있게 해주기 때문이기도 하다. 그래서 일일 운행표는 보통 낮은 연차의 피디들이 거쳐가는 필수 코스인 경우가 많다.

편성 피디로 일할 땐 공익 캠페인이나 스팟(특정한 시기에 홍보나 채널에 관한 정보를 위해 반복해서 방송하는 짧은 안

내방송) 등을 수시로 제작하고 제작팀을 지원하는 것도 비중 있는 업무였다. 매시 정각에 "~시를 알려드립니다. 땡-"하는 목소리와 짧은 음악을 넣는 것도 편성 피디의 일이다. 오래된 아파트 리모델링을 하듯 정들었던 채널 로고송이나 시보 음악 등을 바꾸는 일도 아주 가끔은 있는데 모두 편성팀의 몫이다. 1년에 두 번 있는 정기 개편 문서를 만드는 것도 편성팀이고, 라디오 본부의 1년 계획 보고서를 만드는 것도 편성팀이다. 편집 송출 프로그램의 마우스를 만지는 것보다, 방송에 틀 음악을 고르는 일보다, 한글 프로그램의 문서 작성과 엑셀의 표 만들기가 더 친숙해질 때가 되면, 이제 편성 피디는 다시 제작팀으로 돌아갈 날이 멀지 않았다고 생각해도 된다.

라디오를 들을 때는 스튜디오에서 큐 사인을 주는 피디들 외에도 사무실 책상 앞에서 여느 직장인처럼 일하는 많은 직원들이 있다는 사실도 한 번쯤 기억해 주었으면 좋겠다. 소규모 라디오 방송사들일수록 지원 부서가 별도로 존재하기 어려워, 피디들이 일당백의 역할을 해야 하는 경우도 많다는 사실도 또한 이야기하고 싶다.

"매일 연예인들 보겠다."

"음악 실컷 듣고 최고로 좋은 직업이네."

맞다. 행복한 직업이다. 하지만 두 시간의 방송을 위해 보이지 않는 나머지 시간은 다른 직장인들처럼 보고서를 쓰고 고치고, 을의 입장에서 전화를 돌리고, 상사에게 깨지는 것도 피디의 일상이다.

라디오 PD들의 로망,
음악 프로그램

초등학교 고학년 때부터 친구들 따라 라디오를 듣기 시작했다. 〈이문세의 별이 빛나는 밤에〉를 들으면 더 이상 어린이가 아닌 청소년인 것 같은 기분이 들었다. 〈별밤〉을 듣고 학교에 가야 "어제 별밤 들었지?" 하면서 친구들과의 대화에 낄 수 있던 시절이었다.

생각해 보니 그 이전에도 라디오에 대한 기억이 있다. 초등학교 1학년 무렵, 날 키워주시던 외할머니께서는 늘 기독교방송을 틀어놓고 계셨다. 성경 말씀도 나오고, 찬송도 들려주고, 명사와의 대담이나 신앙 간증도 있었던 것 같다. 외할머니 옆에 나란히 누워서 듣던 라디오, 한낮의 적막한 집 안을 채우던 낭랑한 여자 아나운서의 목소리가 아직도 귓가에 들리는 듯하다.

하지만 본격적으로 라디오를 들은 것은 초등학교 6학년 때였다. 미술 시간에 내가 그림 좀 그리는 것을 본 선생님께서 미술 실기를 전공으로 예술중학교에 진학해 보는 것이 어떻겠느냐는 권유를 하셔서 가까운 입시전문 미술학원에 등록을 하게 됐다. 하지만 그 미술학원에는 나 같은 초등학생은 없었고 대학 입시를 준비하는 고교생들과 재수생들만 가득했다. 미술학원이 아니라 '화실'이라는 간판을 달고 있었다. 초등학생인 나는 입 다물고 열심히 그림만 그렸다. 화실에는 언제나 라디오가 켜져 있었다. 입시를 준비한다고 그림을 배우러 다녔던 초등학교 6학년 시절 1년 내내 나는 타의에 의해 엄청난 가요와 팝송을 듣게 됐다.

비록 예중 입시에서 장렬히 떨어져 나는 미술 전공과는 상관없는 삶을 살고 있지만, 초6 때의 집중적인 라디오 청취 덕분에 어쩌면 지금 라디오 피디로 일하고 있는지도 모른다는 생각이 든다. '흐린 가을 하늘에 편지를 써', '비오는 날 수채화' 이런 노래들이 그 당시 라디오에서 참 많이 흘러나왔다. 〈가요응접실〉, 〈음악캠프〉 같은 프로그램이 주로 나왔다. 무슨 노래인지 알 수는 없었지만 고등학생 재수생 언니 오빠가 스피커에서 나오는 팝송을 따라 부르며 아그리파를 그리던 모습이 너무나 멋있었다.

초등학생 때부터 텔레비전을 끼고 살면서 일일 드라마부터 주말 연속극, 코미디 프로그램, 가요 프로그램까지 줄줄 꿰고 있을 정도로 나는 텔레비전을 좋아했는데, 그중에서도 가요에 관심이 많았다. 중학교, 고등학교에 올라가서는 또래 아이들처럼 이어폰으로 라디오를 들으며 공부하려고 했지만 도무지 공부가 되지 않아 이 방법은 실패했다.

그래도 청소년기에 들은 라디오의 기억은 강렬해서 황인용, 김기덕, 이문세, 양희경, 오미희 등 내로라하는 라디오 디제이들의 목소리가 아직도 기억에 남아 있다. 마음에 드는 가수들을 모두 카세트테이프로 사기에는 용돈이 턱없이 모자랐기에 음악을 마음껏 들을 수 있는 창구는 역시 라디오였고, 라디오를 듣다가 좋은 음악이 나오면 공테이프에 녹음해서 '나만의 컴필레이션'을 만드는 것이 당시 학생들의 스타일이었다.

많은 중고등학생들이 그때만 해도 라디오 앞에 앉아 우정 편지를 쓰고, 종이학이나 학 알을 접고, 문제집을 풀었다. 지금처럼 인터넷이나 핸드폰이 없던 시절, 책상 앞에 책을 펴고 앉아 있어도 '우리들만의 세상'으로 접속할 수 있는 창, 그것이 바로 라디오였다. 그렇다 보니 많은 라디오 피디 지망생의 기억에는 음악 프로그램, 그중에서도 젊은 층을 대상으로 한 밤 프로그램의 아련한 추억이 깊게 남아 있다. 나도 저런 프로그램을 하고 싶다는 생각이 싹트지 않을 수 없었다. 많은 라디오 피디 지망자들이 여전히 음악 프로그램 피디를 꿈꾼다.

그래서 드라마나 영화 속에서 그려지는 라디오 피디의 모습은 주로 음악 프로그램을 제작하는 설정이 많나 보다. 하지만 라디오 피디로 입사를 하고 나면 '죽이는 음악 프로그램'을 꿈꾸던 신입 피디들은 그 꿈이 한낱 꿈에 지나지 않았다는 사실을 곧 깨닫게 된다. 나도 그랬으니까.

딱히 그런 공식이나 매뉴얼이 있는 건 아니지만 신입 피디는 주로 시사나 오락 프로그램에 투입된다. 피디로서 자기 자신의 온전한 프로그램을 제작하기 전까지 선배 밑에서 배우며 일해야 하는 일종의 트레이닝 기간인데 업계에선 에이디AD/Asistant Director라고 부른다. 라디오에서는 에이디를 별도의 직군으로 채용하지 않고 피디로 입사해 일정 기간 동안 에이디 생활을 거친 후에 비로소 '내 프로그램'을 맡게 되는데, 이를 방송계나 영화계에서 '입봉'이라고 부른다. 입봉의 어원은 명확히 알려진 것은 없는데, 일본말로부터 왔다는 소릴 들은 적이 있어 되도록 쓰지 않으려고 한다. 아무튼 처음 시사나 오락 프로그램에 에이디로 투입되어 몇 년을 보내고 나면 라디오의 시스템이나 제작이 어떤 식으로 돌아간다는 기본적인 지식을 몸으로 체득하게 된다고 할 수 있다. 시사와 오락이 그만큼 노동집약적이기 때문에 피디가 여러 명 필요하기도 하다.

입사해서 처음으로 회사 음반 자료실에 갔다가 놀란 기억이 난다. 다른 방송국에는 더 방대한 자료실이 있을 테지만, 그 당시 우리 회사의 자료실에는 웬만한 CD와 LP도 구비되어 있었다. 평소에는 돈이 없어 언감생심 꿈도 못 꿨던 ECM사의 재즈시리즈도 떡하니 한곳에 위용을 드러내고 있었다.

그러나 정신없이 불려다니는 신입 피디 시절에 자료실에서 좋아하는 CD를 고르는 여유는 허락되지 않았다. '언제쯤 나는 에이디 딱지를 떼고 나만의 음악 프로그램을 할 수 있을까?', '내가 음악 프로그램을 한다면 정말 죽이는 음악들을 틀어버릴 수 있을텐데……' 이런 생각들을 하며 버틴 끝에 에이디에게 음악 프로그램으로 데뷔할 기회가 찾아온다. 하지만 시련은 이제부터다.

자고로 산이 깊을수록 무림의 고수는 많은 법이다. 그제야 또 한 번 깨닫게 된다. 많은 사람들이 하고 싶어 하는 일일수록 뛰어난 고수가 되기는 더 어렵다는 사실을. 많은 이들의 머릿속에 남아 있는 전설적인 디제이들, 이종환, 황인용, 김광한, 김기덕, 배철수…… 그야말로 음악의 신, 아니 음악의 귀신들이다. 이분들은 디제이지만 동시에 디렉터이기도 하고 음악 작가이기도 하다. 이런 디제이들과 함께 프로그램을 만든 피디들의 이름은 우리들에게 알려지지 않았지만, 뛰어난 음악 피디들이 전설적인 프로그램 뒤에 있었을 것이다. 음악으로 우리를 '번개' 맞게도 하고, 음악으로 웃게도, 울게도 만들었던 프로그램들, 그 프로그램은 어떻게 만들어질 수 있었던 것일까? 좋은 음악을 몽땅 틀면 좋은 음악 프로그램일까? 며느리도 안 알려주는 특급 레시피다.

사실 그런 레시피가 따로 있다기보다는 음악에 대한 섬세한 감성, 듣는 청취자에 대한 이해, 라디오라는 방송 매체에 대한 경험치가 종합적으로 쌓여 나오는 능력이라고 말할 수 있을 것이다. 그러나 어디까지나 이건 모범 답안이고, 말로 표현할 수 없는 소위 감, 촉, 센스, 여기에 하나 더한다면 짬 같은 것들이 상당 부분을 차지하지 않을까 싶다. "천재는 1퍼센트의 영감과 99퍼센트의 노력으로 이루어진다"고 말한 에디슨의 숨은 뜻이 "99퍼센트 아무리 노력해도 영감을 지닌 천재를 이길 수가 없다"라는 설이 있듯이 말이다. 특히나 음악 프로그램이라는 것이 장르는 다양해도 어쨌든 사람의 감정과 마음에 호소하는 것이다 보니 그런 측면이 강한 것이 아닌가 싶다. 그래도 노력을 하다 보면 언젠가 하늘이 감응해 1퍼센트의 영감을 옛다 하고 내려줄 수도 있지 않을까?

'완성형' 음악 피디의 꿈은 은퇴하는 그 날까지 계속될 것 같다.

라디오 피디의 성적표

A 피디: 4라운드 청취율 결과 나왔습니다. 채널 순위는
그대로네요~
B 피디: 아, 아쉽네요!
C 피디: 순위 안 떨어진게 다행인 듯…… 이번에 ○사 많
이 치고 올라갔네.

올해 마지막 라디오 청취율 조사 결과가 나왔다. 올해
네 번째 받아드는 성적표다. 우리 채널의 순위가 떨어지
진 않았다는 소식에 아침부터 피디들 단톡방 알람이 바쁘
게 울렸다. 어느 업계나 그렇겠지만은 이쪽도 0.1퍼센트

로 순위가 왔다 갔다 하는 치열한 전쟁터다. 등수가 오르지 못해 아쉽다. 하지만 학창 시절에 우리 모두 깨달은 진리가 있지 않나? 내가 잠 안 자고 아등바등 공부해도 반에서 한 명 제치기조차 정말 힘들다는 사실. 내가 잠 안 잘 때 그 아이도 밤새고, 내가 공부할 때 그 아이도 죽어라고 하니까.

텔레비전 드라마나 예능 프로그램이 시청률에 죽고 산다는 사실은 잘 알려진 얘기다. 시청률이 잘 나오면 죽어가던 주인공의 목숨 줄도 길어지고, 돌아가신 줄 알았던 아버지가 살아 돌아오는 기적도 일어난다. 텔레비전 피디들은 매일 출근과 동시에 전날의 시청률표를 마주해야 한다던데, 나 같은 스트레스 취약형 인간은 이번 생에 텔레비전 피디가 아니라 라디오 피디가 된 것이 얼마나 다행인지 모른다.

라디오에서는 시청률을 '청취율'이라고 하는데, 매일 성적표를 받는 대신 1년에 네 번 정도 조사를 한다. 지상파 라디오 채널을 대상으로 하는 조사 기관의 조사 결과를 각 방송사가 구입하는 형식이다. 1년에 네 번, 일반인들에게 무작위로 전화를 돌려 '최근에 어떤 라디오 프로그램을 들었는지' 물어보는 방식이다. 생각보다 아날로그적이라 놀라는 이들도 많을 것이다. 내가 어느 프로그램을 최근에 들었다는 기억에 의존해 대답하는 것이기 때문에 현실이 왜곡될 가능성이 있다는 의견도 있다.

그러나 기억에 의존한 이런 조사도 라디오 업계에서는 큰 의미가 있다. 청취율이 높은 프로그램은 그만큼 사람들의 뇌리에 깊이 각인되어 있다는 사실이다. 프로그램이 자리 잡는 데 비교적 오랜 시간이 걸리지만, 한 번 자리 잡으면 그 청취자는 충성도 높은 단골 고객이 된다는 것이 이쪽 업계의 오랜 정설이다. 하루가 달리 트렌드가 변하고, 유명한 예능 프로그램에 한 번 얼굴을 비추면 하룻밤에 스타가 되는 게 요즘 방송판이라지만, 라디오는 사람들의 마음속에 자리 잡는 데 오랜 시간이 걸리는, 더딘 매체다.

어쨌든 청취율 성적표를 잘 받아야 하는 입장에서는 라디오 진행자들도 청취율 조사 기간에 홍보에 열을 올린다.

"청취자 여러분, 요즘 청취율 조사 기간인 거 아시죠? 02로 시작되는 번호로 전화가 오면 꼭 받아주시고요. 저희 프로그램 잘 듣고 있다고 꼭 대답해 주셔야 합니다!"라고 강조한다. 이 방송을 듣고 그중 몇 명에게라도 조사 전화가 간다면 소중한 청취율을 다만 0.001퍼센트라도 끌어올릴 수 있는 기회가 아닌가. 이렇듯 프로그램 이름을 청취자 뇌리에 각인시키고, 충성도를 확보하기 위해서 조사 기간에는 많은 프로그램들이 선물 방출량을 늘리기도 하니 이 기간에 선물을 노려봄직도 하다. 청취율 조사 기간에는 조금 더 특별한 손님, 재미있는 내용을 채워 넣기 위해 신경 쓰기도 한다.

물론 청취율 조사 결과 외에도 제작진이 소위 프로그램의 인기를 체감하는 지표들은 있다. 장사 잘되는 맛집도 식당 200미터 앞부터 느껴지는 활기가 있듯이 청취자들이 보내주는 문자, 방송 어플이나 '보이는 라디오' 채팅창으로 들어오는 반응들을 보면 다가올 청취율의 추이가 예감되기도 한다. 아주 인기 많은 프로그램의 경우 방송에 출연한 연예인 이름이나 단어가 바로 실시간 검색어에 오르기도 하고, 시사 프로그램들은 그날 인터뷰에서 나온 말 한마디가 바로바로 기사화되어 인터넷 포털을 장식하기도 한다. 그러나 역시 공식 성적표라고 할 수 있는 것은 청취율 조사 결과다.

아침에 피디들 단톡방에서 채널 순위와 주요 프로그램

순위를 전해 듣고 출근을 하니 여지없이 부장이 나를 부른다. 보나마나 청취율이 저조하다는 얘기다. 우리 프로그램 청취율 숫자는 석 달 전과 같은데도 등수가 떨어졌다. 기말고사에서 중간고사 때처럼 80점을 받았지만, 다른 애들이 이번에 전부 85점을 받아 등수에서 밀린 셈이었다.

원인을 분석해 보라지만, 사실 누가 그 이유를 알겠는가. 그저 추정할 뿐이다. 동시간대 시사 프로그램들이 업계에서 내로라하는 전문가들을 진행자로 내세워 총력전을 하고 있으니 순위 뒤집기는 쉬운 일이 아니다. 등수가 떨어진 원인과 대책에 관한 보고서를 다음 주까지 제출하라는데, 이번 라운드엔 무슨 글짓기로 보고서를 채워야 할지…… 머리 좀 쥐어뜯어야 할 것 같다.

제일 답답한 것은 청취율 조사에 응했던 한 사람 한 사람의 마음속을 모른다는 것이다. 우리 프로그램을 안 들으시는 이유는 뭔가요? 들려주는 노래가 너무 올드한가요, 아니면 진행자가 마음에 들지 않으신가요? 다른 프로그램은 선물도 팍팍 주는데 여기는 그런 게 없어서요? 이유 없이 그냥요? 그럼 음악을 최신가요로 바꿔볼까요? 진행자를 재미난 사람으로 바꿔볼까요? 너무 시끄럽게

말 많은 것보다 차라리 음악 많이 들려주는 게 좋다고요? 아니라고요? 음악 들을 거면 유튜브에서 듣지 뭐 하러 라디오를 듣냐고요? 조사에 응답한 사람이 내 앞에 있다면 물어볼 질문이 너무나 많다.

청취율 조사 결과표에 이런 '이유'까지는 쓰여 있지 않지만, 결과표를 보고 알아낼 수 있는 사실은 꽤 많다. 아무래도 가장 중요한 부분은 채널 순위다. 모든 프로그램을 합쳐 채널별로 순위를 매기는데 이번 라운드엔 모 방송국의 청취율이 많이 올랐다. 두세 개 정도의 프로그램 청취율이 잘 나오면 채널 경쟁력도 올라가는 법이다. 채널 순위에 따라 역시 라디오 본부 사무실의 분위기가 화기애애하냐, 다음 청취율 조사까지 한파가 닥치냐 하는 기로에 서기도 한다.

그다음은 프로그램별 순위다. 국내 지상파 라디오 프로그램 중 내 프로그램이 몇 위를 했느냐 하는 거다. 같은 시간대 프로그램 중 몇 위인지도 중요하다. 같은 시간대라 하더라도 방송사마다 편성 전략이 달라서 음악 프로를 내세우는 채널, 시사를 내세우는 채널이 있기 때문에 동시간대 프로그램 중 어떤 장르가 선전하고 있는지를 보는 것도 청취자의 선호를 알 수 있는 지표다. 저녁 6시 퇴근길에 오른 사람들은 하루 종일 일에 지친 머리를 식혀줄 음악 프로그램을 원할까, 아니면 하루 동안 있었던 뉴스를 전해줄 시사 프로그램을 원할까? 어떤 시간대에 어떤 장르를 편성할 것인지 등 장기 전략을 세우려면 자세히 살펴봐야 한다.

사실 청취율 숫자가 지닌 의미는 제작진이 '우리가 지금 잘하고 있나?'를 체크하는 의미 이상이다. 그것은 프로그램과 방송사의 파워를 알 수 있는 기준이 되고, 나아가 광고주가 프로그램과 채널을 선택하는 기준이 된다. 즉 청취율은 광고 수입의 다른 말이다. 한창 재미나게 대화를 하다가 "잠시 전하는 말씀 듣고 올께요"라든지 "저희를 도와주는 고마운 분들입니다!" 하면서 끼어드는 광고는 거슬릴 때가 많다. 하지만 이런 광고 덕분에 라디오는 모든 사람들에게 무료로 제공되니 일견 고마운 일이다. 비싼 CD를 사지 않아도 BTS의 노래부터 카라얀의 공연 실황까지 들을 수 있고, 뉴스며 정보며 토론이며 다양하게 골라 들을 수 있으니 말이다. 어쨌든 이런 광고를 유치하는 데는 청취율이 중요하고, 그러니 청취율을 높이기 위해 신경 쓰는 것은 당연한 일.

청취율에 연연하지 않겠다는 초월적인 의연함을 보이는 이도 가끔 있다. 물론 숫자 0.1퍼센트가 오르내렸다고 일희일비하거나, 프로그램의 방향을 갈지자로 흔들어 버리는 것도 그리 좋은 생각은 아닐지 모른다. 하지만 듣는 사람이 있다는 것만큼 보람 있는 일이 이 직업에 또 있을까? 누가 뭐라 하지 않아도 청취율 결과는 피디에게 어떤 회초리보다도, 어떤 칭찬보다도 강한 자극이 된다. 청취율 숫자 몇 개에 월급이 깎이거나 단숨에 오르지는 않는다. 하지만 피디를 춤추게 하는 것은 월급이 전부가 아니라는 점은 확실하다.

청소년 드라마의 흔한 장면 하나. 교무실로 조용히 주인공을 부른 담임 선생님은 성적표를 내려다보며 물으신다.

"이 녀석, 요즘 무슨 고민 있니?"

오랜 시간 아이들을 가르쳐 온 선생님은 알고 계신다. 학교생활을 곧잘 하던 녀석의 성적이 왜 갑자기 뚝 떨어졌는지를. 종이 위의 숫자 몇 개가 찍힌 성적표 속에서 노련한 선생님은 학생의 고민을 읽어내고 방황을 알아챈다. 1년에 네 번 받아드는 나의 라디오 성적표의 숫자 너머로, 보이지 않는 청취자들의 마음을 짐작해야 하는 일도 마찬가지다. 숫자들 사이로 숨겨져 있는 사람들의 마음을 읽어야 한다. 새로운 게스트를 찾아야 하나? 코너 제목을 바꿔볼까? 3개월 후 다시 받아들 성적은 단 1점이라도 오를까 오늘도 전전긍긍하는 내 모습을 보고 있자니, 나이 마흔이 넘어서도 '성적표'라는 이름이 붙은 것은 참으로 싫은 것 같다.

개편에서 살아남기

아이가 좋아하는 어린이책 시리즈 중에 '살아남기 시리즈'가 있다. 정글에서 살아남기, 북극에서 살아남기 등 재미난 제목 안에 어린이를 위한 상식과 정보를 집어넣어서인지 아이들 사이에서 꽤 인기 있는 시리즈라고 한다. 하지만 어른의 눈으로 '살아남기'라는 단어를 볼 때마다 왠지 나도 모르게 움찔한다. 마음 한편이 무거워진다.

'나도 잘 살아남아야 할 텐데…….'

직장인들에게 '살아남기'라는 단어는 그야말로 많은 생각을 하게 만든다. 정글도 아니고, 북극도 아니지만 살아남기 가이드가 꼭 필요한 것이 바로 직장인의 삶이 아닌지.

피디라는 특수성 때문에 우리 직업은 여러 살아남기 중에 '개편에서 살아남기'가 중요한 미션이라 할 수 있다. 라디오 채널들은 주로 1년에 두 번 봄, 가을에 정기 개편을 한다. 개편은 편성에 변화를 주는 것을 말하는데, 프로그램의 변화 없이 넘어가기도 하고, 때로는 진행자가, 때로는 프로그램 제목까지도 완전히 바꾸는 것이 바로 개편이다. 프로그램과 진행자는 그대로이면서 피디 등 제작진만 변동하기도 한다. 요즘은 정기 개편 시즌이 아니더라도 사정에 따라 수시로 개편이 이루어지기도 한다.

프로그램의 수명(?)은 정해진 것이 없다. 보통 봄, 가을에 개편을 한다는 전제하에 새로운 프로그램의 수명은 최소 반년이지만 최대의 수명은 한계가 없다. 30년 넘게 장수한 프로그램도 있고, 언제 생겼는지 모르게 생겼다가 아무도 모르게 폐지되는 슬픈 프로그램들도 많다. 청취율 등 청취자들의 반응, 방송사의 제작 사정, 진행자의 상황 등 여러 사연이 얽혀 개편에 영향을 준다. 어쨌든 정기 개편은 피디에게 중요한 시기다. 1년에 몇 차례 찾아오는 청취율 조사가 숙제 검사 같은 것이라면, 정기 개편은 중간고사나 기말고사라고 할 수 있다. 프로그램의 생존 여부가 달려 있기도 하고 개인적으로는 나의 거취가 달려 있기도 하니까 말이다.

피디에게 가장 가슴 아픈 일은 아마도 내가 맡은 프로그램의 폐지일 것이다. 길든 짧든 내가 제작했던 프로그램이 어떤 사유로든지 폐지되면 마음이 좋지 않다. 매일같이 얼굴을 마주했던 제작진과 이별도 안타깝고, 만약 프로그램이 더 많은 청취자에게 사랑받았다면 폐지 수순을 피할 수 있지 않았을까, '만약'의 가능성을 생각하다 보니 나의 부족을 탓하며 미련과 후회가 앞서기도 한다. 어떤 피디든 장수 프로그램에 대한 꿈이 없는 피디는 없을 것이기 때문이다.

하지만 프로그램 폐지의 아쉬움과 슬픔보다 더 힘든 일이 있으니, 그것은 곧 한 프로그램의 폐지는 새 프로그램의 론칭을 의미한다는 사실이다. 라디오는 24시간 돌아가야 하고, 프로그램이 없어진다는 것은 그 자리에 뭔가 새로운 프로그램이 생겨야 함을 의미한다. 같은 피디가 동시간 신규 프로그램을 반드시 제작하는 것은 아니지만, 어쨌든 새로운 프로그램 제작에 투입돼야 하는 건 사실이다. 프로그램 폐지의 슬픔과 괴로움이 가슴 한편에 아직

생생한 채, 새로운 프로그램을 계획해야 하는 두 가지 모드의 오버랩 기간이야말로 나의 이중인격을 시험해 보는 기간이다. 새로운 프로그램에서 새로운 진행자와 으쌰으쌰를 외치며 파이팅해야 하는데 여전히 지난 프로그램에 대한 아쉬움과 미련에서 벗어나지 못한다면, 상당히 괴로운 기간이 아닐 수 없다.

지난 프로그램의 마지막 방송은 곧 새로운 프로그램의 첫 방송 전날이 된다. 쉬지 않고 굴러가는 라디오에서 방송은 결코 쉬지 않는다. 새로운 프로그램을 기획하고, 새로운 진행자와 새로운 작가를 만나 새 코너들을 짜고 새 게스트를 섭외하는 과정은 1년 중 가장 정신없고 바쁜 시즌이다. 휴일도 주말도 없이 모든 피디가 출근해서 사무실은 1년 중 어느 때보다 북적대고 묘하게 들뜬 공기로 가득 찬다. 새 프로그램의 첫 방송에 짠 하고 내놓아야 할 일종의 '개업식'을 준비하느라 개편 시즌은 늘 그렇다.

새로운 진행자를 섭외해 프로그램을 새로 론칭할 때는 기존의 프로그램 타이틀을 그대로 둔 채 진행자만 바꾸기도 하고, 진행자와 프로그램 제목을 모두 새로 바꾸기도 한다. 〈두 시의 데이트〉, 〈가요광장〉, 〈9595쇼〉같이 각 방송사에서 역사와 전통을 자랑하는 장수 프로그램들은 진행자는 바뀌어도 프로그램 타이틀은 그대로 유지하는 경우가 많다. 오랫동안 자리를 지켜온 프로그램 타이틀 자체가 이미 어마어마한 브랜드 가치를 갖고 있기 때문이다. 프로그램 타이틀이 그대로 유지된 채 진행자가 바뀐다면 프로그램의 기본 성격이나 색깔은 유지하면서 진행자의 개성을 덧입히게 된다. 하지만 진행자와 프로그램 타이틀이 모두 바뀐다면 전혀 새로운 포맷으로 간다는 뜻이다. 시그널 음악도 바꾸고 코너와 선곡 방향도 기존 프로그램과는 달라진다는 뜻이니 더 많은 신경을 쓰게 된다.

개편은 프로그램 편성의 변화를 의미하기도 하지만, 직장인인 피디들에게는 인사 이동, 인력 배치의 의미가 있다. 프로그램 제작이라는 점에서는 같지만, 시사 프로그램을 맡느냐, 음악 프로그램을 맡느냐, 아침 프로그램이냐 저녁 프로그램이냐 하는 피디 배치가 개편 철에 주로 이루어지기 때문이다. 어느 직장인이나 그렇겠지만 나의 희망과 인사 발령이 일치하기란 쉽지가 않다. 가고 싶은 프로그램 종류나 시간대가 저마다 있겠지만, 그것대로 이루어지기도 하고 영 상관없이 배치받기도 하니까 서로의 희비가 엇갈리는 것이 개편이기도 하다.

직장인의 이력서에는 내가 어느 회사에 있었는지, 어느 부서를 거쳤는지, 어느 프로젝트를 담당했는지가 올라간다. 성실한 직장인으로서 내가 살아왔다는 발자국이 그런 이름들로 남게 된다. 피디에겐 내가 맡았던 프로그램들의 제목이 나의 이력서에 발자국을 남긴다. 2005년, 2010년…… . 특정한 연도가 피디에게는 곧잘 프로그램의 이름을 통해 기억된다.

'10년 전이면 내가 그 프로그램 할 때였네…….'

즐거웠던 프로그램, 스태프들과의 호흡이 참 잘 맞았던 프로그램, 힘들었던 프로그램, 노력한 만큼 결과가 나오지 않아 애태웠던 프로그램…… . 미우나 고우나 나의 시간을 쏟아부었던 프로그램들이 뒤돌아보면 모두 내 삶에 한 줄을 채워주고 있으니 고마운 일이다.

보이지 않는 존재들의 힘

세상에는 많고도 많은 직업이 있지만, 그중에는 '남들 놀때 일하는 직업들'이 있다. 놀이공원이나 관광지에서 일하는 분들이 그럴 것이고 고속도로 휴게소에서 일하는 분들도 휴가철에 특히 바쁠 것이다. 많은 사람들이 여가를 즐기는 주말이나 공휴일, 연휴, 명절……. 이런 날들이 라디오 방송국에서 일하는 사람들에게는 역설적으로 가장 바쁜 시기이다.

사람들의 야외 활동이나 이동량이 많아지기 때문이다. 공휴일과 주말이 붙은 '황금연휴'가 다가오면 보통 사람들은 가족끼리, 친구들끼리 뭘 할까, 어디로 놀러 갈까 계획을 세우지만 라디오 제작진은 방송계획을 세운다. 가족에게는 미안하다는 말을 남기고 출근을 해야 한다. 길 위로 나오는 차량들이 많아질수록 라디오를 듣는 사람들이 많아지고, 사람들의 유입이 많을수록 라디오에게는 우리 방송국과 프로그램을 알릴 수 있는 기회인 셈이다.

휴가철이나 명절은 라디오의 가장 큰 대목이다. 스마트폰이 보급되기 전까지 장거리를 이동해야 하는 차 안에서의 즐길 거리는 카세트테이프나 시디가 아니면 라디오뿐이었다. 많은 이들에게 명절에 고향 가는 긴긴 차량 행렬 속에서 몇 시간의 지루함을 달래주는 라디오를 듣던 기억이 있을 것이다. 스마트폰이 생겨나면서 아이들도 이제는 차 속에서 스마트폰을 잡고 동영상을 보거나 게임을 하는 일이 많아졌지만, 여전히 라디오에게는 많은 사람들이 주파수를 맞추는 이 순간이 중요한 시기가 틀림없다. '7말8초'의 여름휴가 시즌이나, 크리스마스부터 1월 1일까지의 연말도 마찬가지다. 교통 상황도 많아지고, 날씨 정보가 중요해지는 계절이다 보니 라디오의 역할은 특히 중요하다.

휴가철이나 명절 기간이 아니더라도 라디오가 바빠지는 날이 있다. 눈이 펑펑 쏟아지거나 폭우가 내리는 날이면 그렇다. 이런 날은 미리 준비한 큐시트와 방송 대본이 무용지물이다. 실시간 교통 상황과 기상 정보를 집중해서 전달하는 것으로 프로그램 구성은 변경된다. 이런 날은 라디오 청취자들의 힘이 돋보이는 날이다. 어느 지역에 폭우나 폭설이 지금 쏟아지는지, 어느 곳의 교통이 마비됐는지, 실시간으로 문자를 통해 제보해 주는 청취자들이 정말 많다. 최근에는 스마트폰이 좋아져서 실시간 제보와 함께 현장 사진까지 보내주는 분들이 많아 방송에 큰 도움이 된다. 이런 날에는 서울경찰청이나 한국도로공사 등 교통 상황을 종합적으로 모니터할 수 있는 곳에서 상주하는 교통 리포터들의 교통 상황 전달과 함께 청취자들의 제보를 중심으로 실시간 방송을 하게 된다.

라디오에는 화면이 없이 소리만 있지만, 신속하게 속보를 전하는 데는 이런 단점이 '가벼움'이라는 장점으로 변할 수 있다. 자료 화면이나 현장 사진 없이 목소리만 있으면 최대한 빨리 정보를 전달할 수 있기에 어느 매체보다 빠르다는 것이 장점이다. 그래서 갑작스러운 날씨 변화 등의 기상 상황, 교통사고나 대형 화재 소식 등을 라디오는 어느 매체보다 먼저 전달할 수 있다.

예전엔 집집마다 있었던 라디오가 요즘은 구경하기도 힘든 물건이 되었고 사람들은 라디오를 카오디오나 스마트폰 속 라디오 앱을 통해 많이 듣는다. 지진처럼 큰 자연재해가 일어나면 인터넷과 통신도 끊길 수 있다. 이런 경우 사람들에게 긴급한 재난 정보를 알릴 수 있는 최후의 통로는 라디오라고 전문가들은 이야기한다. 이렇듯 재난 상황에서 라디오가 지닌 역할 때문에 최근에는 스마트폰에서도 라디오 수신이 가능하게 해 놓았다. 스마트폰에 헤드폰을 연결하면 헤드폰의 선이 안테나 역할을 해서 라디오 수신이 가능하다는 사실을 모르는 분들도 있는데 만약의 경우를 위해 알아두면 좋을 것이다.

모두가 휴가를 떠나는 피크 시즌은 아니지만 피디들도 휴가를 가기는 한다. 휴가철을 피해야 하기 때문에 다른 가족들이나 친구들과 일정을 맞추기가 여의치 않기도 하지만 말이다. 프로그램 제작을 맡고 있는 피디가 휴가를 떠날 때는 보통 다른 피디에게 서로서로 대신 방송을 맡기게 된다. 라디오 프로그램 대개가 생방송이다 보니 벌어지는 현상이다.

하지만 제작 준비는 대부분 해놓고 가는 것이 에티켓이

다. 휴가 기간 동안 방송될 프로그램의 시간표라고 할 수 있는 큐시트를 미리 짜놓고, 게스트를 미리 섭외해 놓는다든지 그날의 주제를 미리 작가, 진행자와 상의해 정해 놓는 등 준비를 해놓는다. 생방송 스튜디오에 몸만 없을 뿐이지, 사전에 90퍼센트의 프로그램 제작 준비를 마쳐놓고 가야 하기 때문에 휴가를 앞두고는 몸이 두 배로 바쁘다. 직전까지 계속되는 야근에 휴가를 떠나는 날이 되면 몸은 이미 녹초가 될 때도 있다. 대신 맡아줄 동료 피디에게 맡겨버릴 수도 있지만 피디에게 내 프로그램은 '내 새끼' 같은 것이라서 내가 없는 동안 무슨 문제나 생기진 않을지 걱정되는 마음이 다들 있는 것 같다.

제일 웃지 못할 일은 피디 본인의 결혼식인데, 결혼식 후 이어지는 신혼여행 휴가 때문에 일주일 정도 자리를 비워야 하고 이 기간 동안 미리 프로그램을 준비해 놓느라 결혼식 전까지 그야말로 눈코 뜰 새 없는 강행군을 하기 일쑤다. 보통 신부들은 일생일대의 아름다운 날을 위하여 틈틈이 피부 관리도 받고 여러 가지 준비를 하는데 제작 피디들을 보면 피부 관리는커녕 다크서클이 턱까지 내려오지나 않으면 다행이다.

나 역시 내 결혼식이 마치 공개 방송이나 특집 방송 준비하는 것처럼 느껴졌다. 결혼식 하객 식사 준비는 공개 방송에서의 스태프들 도시락을 준비하는 것 같았고, 청첩 장 돌리기는 특집 방송 보도자료 돌리기, 결혼식 축가 준비는 공개 방송 가수 섭외 같았다. 하여튼 신혼여행 일주일간 방송될 방송 준비를 해놓고, 결혼식까지 무사히 끝났다는 안도감에 결혼식 후에 몸살이 찾아왔던 웃픈 기억이 난다.

휴가철을 피해 휴가를 가고, 명절을 피해 고향을 가지만 남들 놀 때 일하는 직업에는 나름의 고충도, 나름의 기쁨도 있다. 사람들이 즐거운 시간을 보낼 때, 보이지 않는 곳에서 자리를 지키며 일하는 사람들이 있기에 우리는 즐거운 명절, 즐거운 휴가를 보낼 수 있는 것인지 모른다. 갑작스러운 재난이나 위급 상황에서도 보이지 않게 일하는 손길들이 있어 세상이 혼란스러워지지 않고 돌아가는 것이겠지. 라디오도 그런 보이지 않는 손길들 중 하나라면 좋을 것 같다.

3

라디오를 키워준 사람들,
사람들을 키워준 라디오

TUNING

AM FM

VOLUME

매일의 의미를
길어올리는 사람들

코로나19로 인해 초등학생인 아이가 집에서 화상수업을 하고 있던 날이었다. 유행곡을 부르는 소리가 들려 살며시 방으로 들어가 보았다.

"수업 시간 끝나고 쉬는 시간에 아이들이 돌아가면서 음악을 틀어주는 거야. 어떤 애는 애니메이션에 나오는 노래를 틀고, 또 어떤 애는 음악 시간에 배운 행진곡을 틀었어. 엄마, 난 무슨 음악 틀까?"

가요를 다 같이 따라 부르는 아이들의 목소리가 귀여웠다.

"엄마가 회사에서 하는 일이랑 비슷한 거 하는구나."

"엄마도 이런 거 하는 거야?"

어떤 음악을 틀어줘야 친구들의 호응이 좋을지 고민하는 아이의 모습에서 내 모습이 보이는 것 같았다. 요즘 아이들의 수업하는 방식도 참 자유로워 보여서 좋았다.

유튜브를 너무 많이 보는 건 아닌지 걱정이 되기도 했는데 아이는 직접 유튜브를 제작해 본다며 혼자서 이것저것 찍고 녹화도 하는 모양이었다.

"엄마, 이번 유튜브 주제는 뭘로 할까? 곧 크리스마스도 다가오는데 색종이로 크리스마스 장식 만들기를 해볼까?"

"엄마가 회사에서 매일 하는 일이 그건데!"

다음 주는 어떤 주제를 잡아 코너를 구성해 볼까? 어떤 가수를 섭외해 볼까? 이번 시즌엔 어떤 코너를 해야 사람들이 흥미 있어 하려나?

날마다, 계절마다, 시즌마다 피디들이 고민하는 것이 다 그런 것이다. 있어 보이는 말로 '기획'이라고 한다. 우리가 하는 것도 기획이고, 초등학생 아이가 하는 것도 다 기획이라는 큰 테두리 안에 있다. 낯설지 않고 친근한 것, 하지만 조금은 색달라서 호기심이 생기는 것, 사람들의 관심사 안에 있지만 아직 잘 알지는 못하는 것이 기획의 대상이다. 너무 앞서면 사람들이 이해를 하지 못하거나 관심이 없고, 너무 익숙하면 식상해서 관심을 끌지 못한다. 기획은 그 사이 어딘가에 있다.

그래서 우리는 늘 사람들이 요즘 어떤 것에 관심이 있는지에 더듬이를 세운다. 소위 '인싸', '트렌드세터' 사이에서 뜨거운 것은 곧 평범한 대다수 사람들 사이로 퍼져나가 대중문화가 된다. 낯선 것과 유행하는 것 사이 한 발의 보폭 안에서 기획을 발견해야 한다.

'기획'이라고 하면 거창해 보이지만 요즘 아이들을 보면 기획이 일상화됐다는 생각을 하게 된다. SNS나 유튜브를 수동적으로 소비하는 면도 있지만, 듣기만 해도 이런 건 도대체 누가 만들었을까 싶은 기발한 유행어나 밈meme이 통용되는 걸 보면 새로운 것을 만들어 내고 창작하고 그것을 가지고 노는 문화가 커져가는 것 같다. 성능 좋은 스마트폰이 보급되면서 영상을 찍고 편집하는 일을 간단하게 할 수 있게 되었다.

주어지는 것 외에 어떤 재미난 것을 해볼까? 어떤 새로운 것을 해볼까? 이런 생각들은 사실 모두 기획이 아닐까 싶다. 돈을 받고 기획을 하게 되면 부담스러운 노동이지만, 자발적으로 무언가를 기획할 때는 흥미롭고 짜릿한 일이다. 아이들에 국한된 것만도 아니다. 이번 주 주말에는 동창들끼리 등산 모임이라도 추진해 볼까? 다가올 어머님 생신에는 형제들이 처음으로 어머님 애창곡을 불러 드리면 좋아하실까? 지루한 우리의 일상에서 떠오르는 작은 아이디어들이 크게 보면 모두 기획이고, 우리들은 모두 기획자다.

방송계에서 '기획'이란 계절별로, 해가 바뀔 때, 특별한 날이 있을 때 큰 이벤트를 만들어 내는 것이기도 하지만 매일의 방송을 만드는 것 자체가 끝없는 기획이기도 하다. 매일매일 방송을 만들어 내야 하는 라디오 제작진이야말로 일상을 다르게 보는 데 도가 튼 사람들이다. 사람 사는 게 다 거기서 거기고, 그날이 그날 같지만 그렇다고 매일 같은 말을 할 수는 없는 게 라디오다. 텔레비전 프로그램은 일주일에 한 번씩 찾아오지만 라디오 프로그램은 대부분 매일 청취자를 찾아간다. 그날이 그날 같은 일상 속에서 어떻게 하면 조그만 웃음이라도 줄 수 있을까, 매일 같은 일을 반복하는 공장과 사무실에 어떻게 하면 기분 좋은 탈출구가 되어 줄 수 있을까를 고민하며 원고를 쓰고 음악을 틀고 방송을 한다.

어릴 때 가끔 친구들과 재미있게 놀거나 놀이공원을 가

는 날에는 일기 숙제를 한 장 꽉 차게 써내려 갈 수 있었지만, 평범한 날엔 몇 줄 채우기도 고역이었다. "아침에 일어나 학교에 갔다 와서 숙제를 하고 친구들과 놀았다. 오늘의 일기 끝."

세월이 흘러 어른이 되어도 사는 것은 특별한 이벤트 없이 그렇게 흘러간다. "아침에 일어나 회사에 출근했다가 돌아와서 맥주 한 캔 마시고 VOD 보다가 잤다. 어른이의 일기 끝."

하지만 라디오의 오프닝 원고는 매일이 다르다. 늘 오고가는 출퇴근길, 매년 맞는 가을, 매일 아침 만나는 사무실의 동료, 매일 가는 카페의 점원. 그 가운데서 색다른 의미를 발견하고 조금이나마 마음 흔들 말을 길어올리는 것이 라디오의 오프닝 원고다. 원고를 쓰는 것은 대부분 작가들의 일인데, 매일 작가의 대본을 받아들며 제일 처음으로 감탄하는 사람은 역시 피디가 아닐까. 매일매일 세상을 다르게 보는 이 눈은 과연 어디서 오는 걸까? 뛰어난 작가들의 글은 별다른 것이 없는 매일을 사는 모습 가운데 마음을 툭하고 건드리는 무언가가 있다.

오래전에 어느 라디오 프로그램에 주파수를 맞췄다가

들은 이야기가 몇 년이 지난 지금까지도 마음에 남아 있다. 한 청취자의 문자였다.

　-과일가게에 갔다가 플라스틱 상자에 담긴 딸기가 싱싱해 보여서 사 왔어요. 근데 윗줄만 싱싱하고 안 보이는 아래쪽은 시든 걸 담아놓은 거 있죠. 너무해요.

오래전이라 표현은 정확하지 않지만 내용은 대충 이러했다. 나도 과일을 살 때면 자주 겪는 일이라 공감할 수 있었다. 그런데 디제이의 말이 신선했다.

"그러셨군요. 속 많이 상하셨겠습니다. 그런데 아래쪽에 든 놈들이 좀 시들었으면 어떻습니까. 모든 녀석들이 다 잘날 수는 없으니까, 잘나고 예쁜 놈들을 조금 앞세웠다고 생각하면 괜찮지 않을까요."

청취자의 문자에 지나가듯 한 그 말에 나는 울컥 눈물이 나올 뻔했다. 우리도 모두가 예쁘고 잘난 것이 아닌데, 때로는 잘난 놈들이 못난 놈들을 데리고 끌어주고, 못난 놈들도 잘난 놈들 덕도 좀 보고, 그러면서 서로 묶어서 살아가는 것 아닌가. 그 이후로 딸기를 살 때 아래쪽에 조금 시들고 씨알 작은 것들이 눈치 보듯이 들어 있어도 나는 과일가게 주인을 욕하지 못한다.

진행자, 작가, 피디, 라디오를 만드는 사람들은 누구나 공감할 것이다. 매일매일 거기서 거기인 사람들의 일상 속에 들어가서, 함께 견디고 버텨주는 것은 쉽지 않은 일이지만, 사람들이 라디오에 기대하는 것이 바로 그런 일이라는 것을. 듣는 사람들의 일상이 늘 평안하고 큰 이변이 없기를 바라지만, 매일매일 반복되는 일상의 단조로움에 조금의 숨 쉴 틈새를 주고 그 일상을 굳건하게 지켜갈 수 있는 힘을 주는 것, 라디오를 만드는 사람들의 공통된 꿈일 것이다.

말소리 원고의 달인

라디오 프로그램의 제작진은 소박하다.

 텔레비전에는 피디만 해도 기획, 연출, 조연출에 에프디FD/Floor Director도 있고, 예능 프로그램들을 보니 작가도 열 명에 이른다고 해서 놀랐다. 라디오는 피디와 진행자 외에 스태프라고는 작가뿐이다. 작가 역시 한두 명에 그친다. 시사 프로그램은 피디나 작가가 서너 명까지 있기는 하지만 말이다.

 라디오 프로그램의 분위기와 캐릭터를 결정짓는 데 지대한 역할을 하는 것이 아무래도 작가의 원고다. 게스트 섭외나 코너 구성, 기획 아이디어 등 전반적인 업무는 피디와 작가가 머리를 맞대고 짜내지만 원고는 작가가 주도권을 잡고 써내려 간다. '작가'라고 통칭하지만 라디오 작가는 소설이나 시를 쓰는 작가와는 다르다. 라디오 작가는 디제이의 말을 써주는 역할을 하는 점에서 특별하다고 할 수 있다.

라디오를 듣다 보면 디제이의 말 한마디에 감동받기도 하고, 지식이나 센스에 감탄하기도 한다.

"저 디제이는 어떻게 저런 것까지 알까?"

"청취자의 사연 하나에 다정하게 반응해 주는 모습이 정말 따뜻한 사람 같아."

진행자의 말 중에는 진행자 자신이 하는 것도 있지만, 중요한 코너나 뼈대는 작가의 원고를 중심으로 진행되는 경우가 많다. 매일 수십 장에 달하는 작가의 원고가 바로 진행자의 말이 된다. 그래서 좋은 원고는 진행자에게 꼭 들어맞는 원고일 것이다. 20대의 아이돌 여자 가수와 60대 남자 가수가 진행하는 프로그램의 원고는 다를 수밖에 없다. 진행자의 입에서 소리가 되어 흘러나왔을 때 이질감 없이 청취자에게 다가올 수 있는 글, 그것이 좋은 라디오 원고다.

좋은 원고는 글이 말로 변했을 때 쉽고 잘 들리는 원고다. 작가가 원고를 쓸 때는 종이에 쓰지만, 라디오 청취자는 그 글을 눈으로 만나지 못한다. 라디오의 원고는 오직 귀로만 만날 수 있는 원고다. 소리가 되기 위해 태어난 글, 그것이 바로 라디오 원고의 숙명이다. 그러니까 형체도 없이 공중에 소리가 되어 흩어지는 글은 짧고, 쉬워야 한다. 그러면서도 사람의 마음에 다가가야 한다. 이런 글을 매일매일 써내야 하는 라디오 작가란 얼마나 극한 직업인가?

사람의 마음을 움직여야 하는 감성적인 글이 어려운 만큼, 시사 프로그램의 작가 또한 극한 직업이다. 시사 프로그램의 작가는 매일매일의 인터뷰 아이템을 선별하고, 스태프 회의를 거쳐 인터뷰이를 섭외하고 그에 맞는 질문지를 써낸다. 24시간이 모자라도록 돌아가는 매일이기에 시사 작가들은 쉬는 날 외에는 거의 개인 생활이 없을 정도로 프로그램에 자신을 쏟아붓는다. 특히 어떤 주제의 인터뷰가 잡힐지 그날그날의 상황에 따라 다르기 때문에 그날 뜨거운 뉴스에 맞춰 정해진 인터뷰 질문을 써내려면 돌아가는 이슈들에 대해 상시 파악이 되어 있어야 한다. 시사 작가는 대개가 장르를 옮기지 않고 대부분 시사 프로그램만 계속 맡는다. 그만큼 오랜 경력과 전문성이 필요하기 때문이다. 또한 시사를 오래 담당한 작가일수록 시사 분야의 전문가들 네트워크를 많이 가지고 있기도 하다. 시사 프로그램에서 오랜 경력을 지닌 작가들을 보면 그저 감탄밖에는 나오는 것이 없다. 시사를 즐기고 방송을 좋아하지 않고는 절대 버틸 수 없는 업무이기도 하다.

좋은 원고는 글에서 끝나는 것이 아니라 진행자의 목소리에서 비로소 완성된다. 그래서 좋은 진행자는 작가의 원고를 잘 살려 읽는다. '읽는 것'과 '말하는 것'을 자유로이 넘나드는 노련한 진행자들을 보면 절로 존경스럽다. 작가가 쓴 원고의 의도, 행간의 의미, 속뜻을 파악하고 어떻게 읽는 것이 좋을까를 고민하는 진행자라면 더 바랄 것이 없다. 진행자가 원고를 읽기 전에 작가가 이 말을 왜 썼을까, 무슨 생각을 하면서 썼을까를 잠깐이라도 고민해준다면 청취자에게 전달되는 감동의 질은 분명 달라질 것이다.

감성적인 것과는 거리가 먼 시사 프로그램의 원고도 진행자와의 호흡이 중요함은 두말할 나위가 없다. 시사 프로그램의 진행자라고 해서 로봇일 리 없다. 시사 진행자

사이에도 각자의 개성과 스타일, 핵심에 접근하는 방법은 서로 다르다. 1번, 2번…… 누구나 예상 가능한 질문들이 차례대로 나열되는 질문지는 별 매력이 없다. 작가의 질문도 중요하고, 이를 바탕으로 매력 있게 접근해 들어가는 진행자의 능력도 중요할 것이다. '인터뷰'의 고수들은 정말 많다. 본인의 매력이 충분할 뿐 아니라, 인터뷰를 통해 상대방에게서 뽑아낼 수 있는 최대를 뽑아내고 상대방을 인터뷰의 스포트라이트 아래에 세울 줄 아는 기술을 지닌 능력자들이다.

그런가 하면 라디오 원고 중에는 콩트나 오락 등의 분야도 있다. 특히 라디오 콩트는 역사가 매우 오래된 분야로, 많은 토크 프로그램이나 오락 프로그램에 삽입된다. 성대모사나 코믹 연기를 바탕으로 사연을 극화해서 들려주기도 하고, 속 시원한 시사 풍자를 하기도 한다. 특히 김학도, 배철수, 박희진, 전영미, 안윤상 등 내로라하는 성대모사의 선수들이 라디오 프로그램에서 많이 선보였다. 콩트 원고는 특히 전문작가 인력이 그리 많지 않을 정도로 소화하기 어려운 장르로 꼽힌다. 짧은 시간 안에 하나의 짧은 드라마를 쓰는 것이나 다름없고 풍자, 코미디 등의 요소까지 들어가야 하니 웬만한 감각으로는 잘 쓰기 어려운 장르이기도 하다.

프로그램의 장르와 성격에 따라, 또 프로그램이 아침이
냐 낮이냐 밤이냐 시간대에 따라, 진행자의 성별과 나이,
직업과 성격에 따라 원고는 아주 세밀하게 달라진다. 내
가 생각하는 라디오 작가의 정말 대단한 점은 글 쓰는 사
람으로서의 고집, 문체를 모두 내려놓고 철저히 진행자와
프로그램에 맞춘 글을 써낸다는 바로 그 점이다.

방송국에 발을 들인 후로 많은 작가들을 만나 같이 일
을 하면서 많은 것을 배웠다. 여러모로 모자란 피디 때문
에 티도 못 내고 고통을 겪은 작가들에게 진심으로 미안
한 마음뿐이다.

적게는 피디 한 명에 작가 한 명, 많게는 피디 두 명에
작가 두세 명 정도로 구성되는 라디오 팀이다 보니 한 프
로그램을 같이하는 동안에는 매일 만나는 가족 같은 사이
가 된다. 매일 출근해서 만나고, 즐거운 날도 조금은 힘
든 날도 같이 보내면서 프로그램이 잘되기만을 서로 응원
해 주는 끈끈한 사이가 된다. 프로그램으로 만난 사이, 프
로그램을 떠나면서 헤어지는 사이가 되기에 프로그램을
떠나고 나서 오랫동안 보지 못하고 시간이 흐른 작가들도
많지만, 그들의 글들이 어느 날 어느 순간에 라디오를 들

는 사람들의 마음에 소리로 도달했을 거란 사실은 영원히 변치 않을 것이다.

편집, 버리기의 기술
혹은 철학

요즘 텔레비전에서 의뢰인의 집을 정리해 주는 예능 프로그램을 즐겨 보고 있다. '집이 좁다, 방이 있었으면 좋겠다' 하면서도 정작 자신의 손으로는 절대 살림을 버릴 수 없는 사람들이 의외로 많다. 결국 제3자의 손길을 거쳐 아끼던 살림을 처분, 정리 하고 나서야 비로소 감사하다며 환하게 웃는 사람들. 심지어 훤하게 넓어진 마루를 보고 눈물을 짓는 이들도 있다. 버리는 일이 얼마나 어려우면 이런 프로그램까지 생겼을까?

　그런데 집 안 살림 버리기만큼이나 버리기의 어려움을 체감하는 일이 또 있으니 바로 편집이다.

생방송이 기본인 라디오지만 편집을 할 때도 많다. 분량이 긴 특집 인터뷰라든지, 라디오 다큐멘터리, 라디오 드라마 등은 사전에 녹음해 섬세한 편집 작업을 거친다. 매일 방송하는 프로그램들도 사전 녹음으로 진행하게 되면 생방송과 달리 녹음 후 부분적으로 편집을 하기도 한다. 집 정리 프로그램을 보면서 나는 라디오 피디 업무 중 큰 부분을 차지하는 '편집'을 떠올린다. 편집이 내게 주는 교훈은 '편집이야말로 버리는 기술'이 중요하다는 것이다.

인터뷰가 나갈 수 있는 시간은 20분, 하지만 실제로 녹음한 분량은 거의 한 시간. 편집 컴퓨터 앞에 앉아 이제부터 어느 부분을 과감히 버릴지 선택해야 한다. 분량이 모자란 것보다는 넘쳐서 잘라버리는 게 낫기는 하지만, 버릴 부분을 선택하는 것도 쉬운 일은 아니다. 분량이 아주 조금 넘친다면 반복되거나 중복되는 단어를 들어내고, "쓰읍~", "흐음~" 하는 불필요한 소리들이나 말버릇 등을 삭제하는 것만으로도 몇 분 정도는 줄일 수 있다. 하지만 그 이상을 편집해야 한다면 찔끔찔끔 들어내는 것보다는 한 질문과 그 질문에 대한 대답을 뭉텅이로 들어내는 것이 차라리 깔끔하다. 아이러니하게도 인터뷰의 내용이 너무 좋아서 어느 질문, 어느 대답 하나 버릴 게 없을 때는 더 난감하다. 전체 인터뷰를 듣고 또 들으며 어느 부분을 버려야 할지 고민한다.

편집의 기술이 100퍼센트 승패를 좌우하는 것이 바로 라디오 다큐멘터리, 라디오 드라마 같은 장르다. 다큐멘터리를 제작하려면 계획된 인터뷰나 현장 취재에서 녹음 분량을 충분히 확보해야 한다. 취재를 다시 하는 것이 쉽지 않기 때문에 혹시 필요할 수 있는 모든 가능성을 염두에 두고 충분한 분량을 모으다 보니, 막상 사무실로 돌아와 다시 들으며 편집 작업을 할 때는 버려지는 것이 훨씬 많다. 내용이 좋더라도 시간상, 맥락상 과감히 버려야 할 부분도 생겨난다. 길지 않은 다큐멘터리의 분량을 생각하면 주제에서 곁길로 벗어나는 말은 아무리 내용이 좋아도 듣는 사람의 주의를 흩트려 놓는다. 감동적인 부분, 새로운 사실은 잘라내 버리기는 아깝다. 하지만 이 중 청취자의 귀에 무엇을 우선 들려줘야 할지 결정해야 한다.

인터뷰, 내레이션, 음악 등을 모아 편집을 통해 완성본을 만들어 내는 다큐멘터리 제작은 한 시간짜리 프로그램을 완성하기 위해 몇 날 며칠을 편집 컴퓨터 앞에 앉아 씨름을 해야 하는 작업이기도 하다. 나중에는 헤드폰을 뒤집어 쓴 귀가 뜨끈뜨끈하고 웽웽 환청까지 들리는 지경에 이르기도 한다. 완성된 다큐멘터리를 들으면, 한 시간의 분량을 남겨놓기 위해 힘들게 얻어냈던 인터뷰들을 자르고 붙이기를 몇 번씩 했을 피디의 편집 과정이 그려진다.

연차가 쌓이고, 편집의 경험도 쌓여갈수록 어떤 것을 살리고 어떤 것을 버려야 할지 스스로의 감도 생겨간다. 선후배 동료 피디들에게 들려주며 조언을 구하기도 하지만, 정답은 없다. 결국 한 편의 프로그램을 완성하는 책임과 권한은 오로지 자신에게 있다. 보편적으로 '좋은 선택'은 있을 수 있겠지만 '내 프로그램에서의 좋은 선택'은 오직 내가 결정하는 것이기에 결국 남는 것은 편집기 앞에서의 외로운 선택이다.

내가 입사하던 2004년은 아날로그의 시대가 저물어가던 무렵이었다. 카세트테이프의 동그란 구멍을 뻥튀기 한 듯한 둥그런 릴테이프가 돌아가면서 소리를 녹음하고, 다시 그 릴테이프가 돌아가면서 소리를 재생시키던 시절이었다. 릴테이프에 녹음한 것을 편집하려면 그 부분을 돌려가면서 커터칼로 자르고 접착테이프로 붙여서 연결해야 했다. 릴테이프에 시간이 표시되었을 리가 없으니 반복해서 들으면서 정확히 잘라야 할 말의 지점을 찾아야 했는데, 자른 조각은 행여나 다시 찾아서 붙여야 할지도 모르니 쓰레기에 섞여나가지 않도록 잘 보관해 두었다. 이렇게 손이 많이 가는 편집 과정을 거쳐야 했으니 웬만해선 편집을 안 하는 게 좋았다. 성우가 원고를 읽다가 틀리면 처음부터 다시 읽어 편집할 일을 없앴다. 하지만 컴퓨터 프로그램을 사용하게 되면서 편집이라는 신세계가 열렸으니, 백 번이고 천 번이고 지웠다 붙이기를 마음껏 할 수 있는 편집이 가능해지면서 중간에 틀린 실수에 크게 신경 쓸 필요가 없어졌고 처음부터 다시 읽는 것도 불필요한 일이 됐다. 과거에는 릴테이프 하나하나가 비싼 기자재였지만, 아무리 많은 분량을 녹음해도 돈이 들어가지 않는 디지털 프로그램은 이렇게도, 저렇게도 생각나는 대로 여러 번 녹음하고 또 할 수 있다.

후반 작업에 들이는 시간도 늘어났다. 녹음할 때도 후반 작업을 염두에 두고, 편집 과정에서 각종 효과음이나 음악 등을 추가하면서 섬세하고 풍성하게 만드는 일도 가능하게 됐다. 스튜디오에서 녹음을 할 때 웬만하면 최종본에 가깝게 녹음하는 것이 과거의 바람직한 녹음 스타일이었다면, 요즘은 편집을 위한 기본 소스들만 충실히 녹음해 놓고 후반 편집 과정을 통해 다양한 편집의 묘를 발휘한다. 아무리 작은 사무실에서도 컴퓨터와 인터넷을 이용해 업무를 보는 시대이다 보니, 디지털이라는 것이 많은 분야에 가져온 변화는 '속도'나 '효율' 이상의 무엇일 것이다. 선배나 사수에게 배운 일하는 방식의 유효 기간이 언제까지일지 알 수 없는 것이다. 일하면서 지녀야 할 철학을 전해주는 것은 필요하지만, 일의 방식을 가르치는 것은 큰 의미가 없어 보이는 시대다.

프로그램을 사용하는 매뉴얼은 선배나 후배나 평등하게 배운다. 연차와 상관없이 프로그램을 잘 다루는 사람은 따로 있다. 그런 사람에게 기능을 물어보고 도움을 구하면 된다. 단지 '편집점'을 짚어내는 것, 긴 인터뷰에서 어느 부분을 취하고 어느 부분을 버릴 것인지의 과감한 선택과 흐름을 읽어내는 것은 선배에게서 배울 수 있는 것이다. 그래서 피디에게 편집이란 기술이 아니라 철학인가 보다.

변함없는 동네의
작은 카페 주인처럼

제목에 사람 이름이 들어간 텔레비전 프로그램들이 있다. 한국 방송계에 새로운 토크쇼 포맷을 선보였던 〈쟈니윤 쇼〉 이후로 〈아무개 쇼〉, 〈아무개의 ○○○○〉 같은 스타 일의 타이틀이 잇따랐다. 사람 이름을 내건 프로그램일수 록 그 사람의 이름값에 기대하는 바가 크고 그 사람의 역 할이 프로그램을 좌우한다는 뜻일 것이다.

라디오에서는 대다수 프로그램이 사람 이름을 걸고 있 다. 그만큼 라디오에서는 디제이가 중요하다. 어디까지나 프로그램을 이끌어 나가는 것은 디제이라고 해도 과언이 아니다. 디제이에 대한 호감 때문에 청취자는 프로그램에 유입된다. 두 시간이라는 방송 시간 동안 디제이의 집에 초대받는 느낌으로 말이다. 거실도 둘러보고 틀어주는 음악을 들으면서 커피도 마시고, 두런두런 이야기도 나누고…… 프로그램에 삽입되는 시그널 음악이나 코드 음악을 비롯해서 음악의 선곡 등이 디제이를 중심으로 적절하게 맞아들어가야 하는 이유는 바로 프로그램이 한 사람의 집과 마찬가지이기 때문이다. 디제이가 누구인지에 따라 프로그램의 모든 구성과 장치가 결정되게 된다.

청취자들은 라디오 프로그램을 주로 디제이의 이름으로 기억한다. 프로그램 제목은 잊어버려도 '누가 진행하는 프로그램'으로 듣는 이의 기억에는 남는다. 그러니 라디오 피디들이 새로운 프로그램을 준비할 때 가장 중요한 것은 진행자를 누구로 정하느냐일 것이다. 라디오 피디치고 마음속에 꿈꾸는 진행자 한 명쯤 없는 사람은 없을 것이다. 실현 가능성이 있든 없든 '이 사람을 진행자로 해서 프로그램을 해보고 싶다'는 희망사항이 거의 모든 피디들에겐 있다. 하지만 희망은 어디까지나 희망일 뿐 이루어지기는 쉽지 않다. 우리가 꿈꾸는 사람들은 많은 방송국에서 원하는 인물일 가능성이 높고, 그렇다면 어딘가에서 디제이를 이미 하고 있을 가능성이 높다. 만약 디제이를 하고 있지 않다면 그 사람이 너무 바쁘거나, 아니면 라디오에 관심이 없을 가능성이 높다.

"제 버킷리스트 중에 하나는 라디오 디제이예요. 여러분들과 가깝게 만나고 싶어요."

많은 배우나 가수가 인터뷰 자리에서 라디오 디제이가 꿈이라고 밝힌다. 옳다구나 싶어 전화를 해보면 매니지먼트 담당자도 통과하지 못하고 정중하게 거절당하기가 부지기수다. 연예인이 라디오 디제이를 맡는 것은 생각보다 어려운 결정이다. 라디오 프로그램은 대부분 거의 매일 방송하는 데일리 편성으로 이루어져 있기 때문에 라디오가 생활의 중심이 되는 경우가 많다. 매일 일정한 시간에 방송국에 와야 하고, 프로그램을 준비하는 데만도 매일 일정 시간을 할애해야 한다. 스케줄에 따라 간간이 사전 녹음을 한다 하더라도 라디오는 생방송이 기본이다. 때문에 타 방송 출연 스케줄이 언제 잡힐지 모르는 가수들, 언제 새 영화나 드라마 촬영이 들어갈지 예정하기 어렵고 한번 촬영에 들어가면 몇 날 며칠 밤을 새야 할지도 모르는 배우들도 매일 같은 시간에 라디오 부스로 출근해야 하는 고정 스케줄은 사실 상당한 부담이다.

그래서 많은 연예인들은 언젠가 한번은 꼭 자신의 이름

을 건 라디오를 진행해 보고 싶다는 희망을 그저 꿈으로 간직하고 있다. 일단 라디오 진행을 시작한 디제이들은 라디오에 대한 애정이 큰 사람들이다.

시사 프로그램 역시 진행자가 중요하다. 시사 프로그램의 대부분은 인터뷰로 이루어지는데, 진행자는 인터뷰를 통해 청취자들을 대신해서 궁금한 것을 묻는 역할을 한다. 이 때문에 시사 프로그램의 질문지는 사전에 미리 준비가 되지만 진행자가 인터뷰를 진행하면서 언제든 바꿀 수 있다. 생방송 인터뷰에서 어떤 대답이 나오느냐에 따라 한 발 더 들어가는 질문이 뒤따를 수도 있고, 미리 준비한 질문이 필요 없어지기도 한다.

이름난 시사 진행자들마다 각자의 스타일이 있다. 찔러도 피 한 방울 나오지 않을 것 같은 냉정함으로 무장한 스타일이 있는 반면, 참 인간적이다 싶을 만큼 때론 흥분이나 분노를 숨기지 않고 드러내는 스타일도 있다. 어떤 것이 맞다고 할 순 없지만, 뛰어난 시사 진행자들에게서 찾을 수 있는 공통점은 뉴스에 대한 풍부한 배경지식, 그리고 일반 청취자를 대변해서 질문하고 있다는 일종의 사명감이다.

하루 한두 시간의 시사 프로그램을 맡으려면 거의 하루를 프로그램 준비에 써야 하기 때문에 시사 진행자 역시 모든 생활이 라디오에 묶여 있다고 할 수 있다. 오늘 나오는 뉴스를 계속 따라가야 함은 물론이고, 인터뷰를 진행하려면 뉴스의 흐름과 맥까지 파악하고 있어야 한다. 데일리 프로그램을 맡는 것은 자신의 유명세만 믿고 쉽게 시작할 수는 없는 일이다.

라디오 진행자들은 매일 생활 시간표대로 움직이는 성실한 학생에 가까운 생활을 하는 경우가 많다. 몸 상태가 조금 저조하거나 감기 기운, 숙취 등이 있으면 목소리에 금방 나타나기 때문이다. 매일 목소리를 듣는 청취자들은 진행자 목소리의 작은 변화도 금방 알아챈다.

"오늘은 이상하게 컨디션이 좀 안 좋네요."

진행자가 스튜디오에 들어서며 이렇게 인사를 건네는 날이면 청취자들의 문자는 이를 모른 채 넘어가지 않는다.

-진행자님 감기 걸리셨나요?

-오늘 왠지 목소리가 다운돼 보여요. 안 좋은 일 있는 건 아니죠?

두 시간의 생방송을 긴장감 있게 진행하려면 생각보다

많은 집중력이 필요하다. 가끔 어떤 이들은, 따뜻한 스튜디오에 앉아 한두 시간 수다 좀 떨면서 쉽게 돈 버는 거아닌가 생각하는데, 두 시간 사이에도 많은 변수가 있고실시간으로 대처해야 하는 것들도 많다. 집중력과 순발력이 필요한 일이다. 오랫동안 장수 프로그램을 진행한 진행자들 중에는 많은 스케줄에도 불구하고 라디오를 1순위로 여기는 분들이 많다. 직장인처럼 늘 같은 시간에 방송국으로 출근하고, 수백 번 본 대본이지만 늘 방송 원고를 숙지한다.

"이렇게 한번 해보면 어떨까?"

오랫동안 해온 프로그램이지만 하고 싶은 아이디어가늘 있다는 것은 생활 속에서도 라디오를 생각하고 있다는증거다. 하루에 한 시간 또는 두 시간, 청취자들과 만나는생방송을 우선순위로 하고 있다면 목소리와 몸 상태를 잘관리하고 오늘 청취자들에게는 어떤 이야기를 할까 늘 생각할 수밖에 없지 않을까?

하지만 이렇게 많은 시간과 노력을 투자하고 큰 맘 먹고 시작하는 라디오지만, 라디오는 텔레비전이나 콘서트처럼 화려하고 주목받는 무대는 아니다. 매일 '오늘은 손님이 올까?' 하며 일찍부터 문을 열고 기다리는 작은 카페에 더 가깝다. 큰 쇼핑몰처럼 대규모 홍보나 물량 공세로 손님을 이끌기도 어렵다. 라디오라는 특성을 생각하지 못하고 시작한 진행자들은 적응에 어려움을 겪기도 한다.

앞서 이야기한 '직장인 같은 생활' 외에도 라디오는 청취자들의 반응도 느리고 더디다. 라디오는 뜨겁기보단 미지근하고 쉽게 식지 않는다. 라디오에서 만나는 스타는 멀리 있는 큰 별이기보다는 어딘가에서 나에게 도란도란 이야기해 주는 친근한 사람이기를 원한다. 나와는 달리 특별한 존재인 것만 같았지만 알고 보면 나처럼 평범한 사람인 사실을 발견하고 동질감을 느낀다.

그래서 라디오는 늘 사람들의 일상과 상식에서 크게 벗어나지 않는, 그러면서도 지루한 일상에 조금씩 틈새와 일탈을 줄 수 있는 내용을 담으려고 애쓴다. 그 적정한 거리를 유지하면서 긴장감을 유지할 수 있는 '밀당'을 잘할 수 있는 사람들이 라디오의 고수들이다. 오늘도 항상 같은 자리에서 같은 시간에 성실하게 문을 여는 동네의 변함없는 카페처럼, 변치 않는 모습으로 사람들을 기다리는 것, 그것이 바로 라디오다.

나를 버티게 하는 그 이름

아이가 초등학교 1학년 때의 일이다. 1년에 두 번 있는 학부모 상담일이어서 긴장되는 마음을 안고 담임 선생님을 찾아뵈었다. 워킹맘이라서 부족한 점이 있을지도 모르겠다고 말씀을 드렸더니, 선생님께서는 지난번에 아이가 계절에 맞지 않는 교복을 입고 왔다면서 주로 할머니가 돌봐주시는 아이들이 종종 그런 일이 있다는 얘기를 하셨다. 교복은 여름용과 가을/겨울용이 있어서 계절이 바뀔 때는 언제부터 다음 계절용 교복으로 혼용할 수 있다고 공지를 해주는데 아이가 공지 전에 두꺼운 교복을 미리 입고 갔던 적이 있었다. 선생님은 나에게 넌지시 알려주려고 일부러 기억을 해두었다가 말씀해 주신 것 같았다. 좋은 뜻으로 해준 말씀인 건 알았지만 졸지에 엄마 손길이 미치지 못한 아이가 되어버린 것 같아서 내내 마음이 무거웠다. 두꺼운 교복을 입은 이유는 돌봐주는 할머니가 모르고 입힌 게 아니고 아이가 춥다고 스스로 꺼내기에 내가 입혀줬기 때문이다.

아이를 낳고 출산휴가 3개월을 보내고 출근을 하기 직전에 정말 운이 좋게도 아이를 봐주시는 베이비시터, 흔한 말로 '이모님'을 만났다. 곧 있으면 출근을 해야 했는데 아이를 봐줄 사람을 구하지 못한 나의 사정을 들은 친구의 어머니께서 가까운 지인 중 아이 돌보는 일을 하셨던 분을 소개해 주셨다. 아무런 대책이 없어 발만 동동 구르던 나에게 하늘이 내려준 분이나 다름없었다. 그때부터 이모님은 아이가 열한 살이 된 지금까지 아이뿐 아니라 나까지 돌봐주고 계시다.

일하는 엄마들 사이에 "좋은 이모님을 만나는 행운은 삼대가 덕을 쌓아야 가능하다"는 말은 널리 알려진 명언이다. 주로 양가 어머니가 손주 돌보기에 동원되는 집이 많지만, 나처럼 수많은 가정에선 '이모님'들의 도움을 받고 있다. 하지만 아직 어린이집에도 가기 전인 어린 아기들을 서로 믿고 맡기기란 마음처럼 쉬운 일이 아니다. 어쨌든 사람과 사람 사이의 만남인 만큼 삼대의 덕까지는 몰라도 인연이 필요한 일임은 분명한 것 같다.

"오늘까지 우리 부서 경비 처리하느라고 정작 우리 애 어린이집 수업료를 잊어버려서 어린이집에서 전화 왔지 뭐야."

워킹맘이었던 선배의 푸념에 워킹맘들이 모두 내 얘기라며 실소를 터뜨렸던 일도 있었다. 월말에는 아이 학원비, 수업료, 아파트 관리비 등 이체해야 할 것들도 많아서 잊어버리지 않으려고 휴대폰 달력에 알람까지 설정해 놓지만 일단 회사에 출근을 하고 나면 우선순위는 뒤로 밀린다. 학원 선생님께 물어봐야 할 질문을 휴대폰 메모장에 적어놓고, 다음 주 학교에 가져가야 할 준비물 리스트도 기억해 놓지만 어느새 정신을 차려보면 퇴근 시간이 다 되어가고 있다. 손오공처럼 나를 몇 개 더 만들어서 회사에 한 명, 집에 한 명 놓고 아이 학교 앞에도, 마트에도 한 명씩 보내면 얼마나 좋을까.

물리적으로 처리해야 할 일도 많지만, 워킹맘에게 더 신경 쓰이는 것은 엄마의 빈자리가 아이에게 어떻게 느껴

질까 하는 것이다.

"엄마, 여기에 앉아봐. 엄마, 이게 뭔지 알아? 엄마, 내가 이거 하는 거 옆에 앉아서 봐봐. 우리 같이 이거 해보자."

퇴근과 동시에 아이의 재잘거림이 시작된다. 몸은 퇴근했지만 머리는 아직도 회사에서의 업무를 놓지 못하고 있다. 미처 종결되지 못한 문제들이 내일 출근과 동시에 재개되어야 한다면서 머릿속에서 아우성치는 소리가 들린다. 엄마의 퇴근 시간만 기다렸을 아이의 재잘거림을 제대로 받아주지 못하는 내 마음이 더 원망스럽다.

툴툴대면서도 주말에 사무실에 나가서 호젓하게 일도 하고 생각할 시간도 누렸던 시절이 간혹 그리울 때가 있다. 쉬는 날에는 정해진 목적도 없이 여기저기를 걸어다니던 시간들도 떠오른다. 무엇이든 내가 계획을 하면 할 수 있었다. 내 한 몸 움직이면 하고 싶은 것을 하고, 가고 싶은 곳을 갈 수 있었던 가벼운 시절이었다. 집과 회사, 두 가지를 잘 운용해야 한다는 부담감 때문에 나는 완벽하게 두 가지를 다 해내지 못하는 부족함의 원인을 외부에서 찾기 시작했다.

'아이 때문에 주말에도 일을 할 수 없어.'

'집안일 때문에 일에 쏟아부을 에너지가 분산되는 거 같아.'

일을 더 잘하려면 나를 위해 더 투자해야 할 것 같은데, 책이라도 더 봐야 할 것 같은데, 이렇게 허비할 시간이 없을 것 같은데 아이가, 집안일이 마치 내 발목을 잡고 있는 듯한 원망이 들었다. 어디로 향해야 하는지 대상도 불명확한 원망과 불만이 가득해졌다. 아이를 향해 종종 뾰족하게 날선 반응이 나도 모르게 튀어나왔다. 화를 내고는 다시 후회하고 자책하는 일도 잦아졌다. 가끔씩 아이가 준비물을 챙기지 못하거나 숙제를 잊어버려서 학교에서 지적을 받고 올 때면, 일 때문에 아이에게 제대로 신경을 쓰지 못한 것 같아 모든 것에 짜증이 났다.

다행스럽게도 육아휴직을 사용할 수 있어서 비교적 긴 시간을 아이와 보낼 수 있었다. 아이의 방학 기간 동안 집을 떠나 3주 동안 여행을 했다. 출산휴가를 제외하고는 태어나서 이렇게 온전히 3주를 엄마와 함께 붙어 있는 것이 처음이었던 아이는 처음에 "우리 가족이 이렇게 같이 있으니까 어색하네"라고 할 정도였다. 마음이 늘 함께 있다고 해도 살을 부대끼고 같이 있다는 것과는 다르다는 사실이 와닿았다. 겨우 3주만에 내 아이를 파악했다고 하면 과장이겠지만, 적어도 아이는 나와 성격이 꽤 다르다는 사실만은 깨달을 수 있었던, 의미 있는 시간이었다. 아이를 혼내고 싸운 횟수가 그 증거다. 3주 동안 붙어 있는 것이 결코 쉬운 일이 아니라는 것도 깨달았다. 많이 싸우기도 싸우고 화도 냈지만 함께 시간을 보낼 수 있다는 것만으로도 감사한 일이었다.

돌아가신 친정엄마 역시 워킹맘이었다. 나 같은 회사원이 아니라 자그마한 사업체를 운영하는 사장님이었다. 공장에 속해 있는 직원들도 많았고, 가게에, 거래처에 엄마는 늘 바빴다. 차를 타고 어디로 갈 때가 있으면 엄마는 언제나 눈을 질끈 감고 있었다. 실제로 잠은 오지 않는 것 같았지만, 조금이라도 잠을 자두어야 된다는 강박 때문인 것 같았다. 지금 생각해 보면 엄마가 어떻게 사업을 운영하면서 나를 세심하게 챙겼는지, 도무지 그 일들을 다 어떻게 해냈는지 알 수 없다. 어릴 때는 '엄마는 밖에 나가서 일을 하는구나'라고만 생각했는데 지금 내가 회사에서 월급을 받는답시고 하는 일을 생각하면 엄마가 관리해야 했던 직원들과 감당해야 했던 일들은 지금 내가 하는 일과는 비교조차 안 될 것이었다.

그러고 보면 내가 자라오면서 만났던 수많은 여자어른들 중에는 지금의 나처럼 워킹맘들이 있었다. 어릴 때 다녔던 피아노학원 선생님, 학교 선생님들, 친구들과 가던 분식집 아줌마, 약국의 약사, 슈퍼마켓 사장님, 대학교의 여자 교수님들과 강사님들…… 어릴 때는 그 '아줌마들'이 워킹맘인지 뭔지 알 수도 없고, 관심도 없었다. 요즘에서야 '워킹맘'이라는 신조어가 생겨나고 워킹맘의 애환이 많이 조명되지만, 결혼을 해서 자녀가 있는 '일하는 아줌마'들은 나처럼 일터와 집, 자녀들이라는 삼각형 위에서 언제나처럼 종종걸음으로 살아왔던 것이다.

워킹맘이라는 단어를 '일하는 아줌마'로 바꿔놓고 가만히 쳐다보니 조금 힘이 나는 것 같다. '나는 일하는 아줌마다'라고 써놓고 보니 웃음이 나면서 마음이 가벼워지는 것 같다. 일하는 것도 맞고 아줌마도 맞으니까. 워킹맘에게 위안이 되는 것은 어디까지나 시간은 나의 편이라는 것이다. 선배들 말로는 시간이 흐르면 아이는 자라고, 엄마의 손길을 필요로 하는 것도 많이 줄어든다는 것이다. 아이가 자라버리는 것이 좋기도 하고 한편으로는 섭섭하기도 하지만 말이다. 무엇보다 가장 큰 위안은 아이가 예쁘고 건강하게 잘 자라주고 있다는 것이 아닐까. 지금의 내가 워킹맘이었던 엄마를 떠올리며 '어떻게 엄마는 그 많은 일을 다 했을까' 하고 생각하는 것처럼 나중에 내 아이가 나를 떠올리며 그런 생각을 해준다면 그것만으로도 충분할 것 같다.

스트레스와 공존하기의 기술

모든 병이 그렇겠지만, 이석증은 다시는 앓고 싶지 않은
병이다. 그리고 대부분의 질환이 그렇겠지만, 이석증은
어느 날 갑자기 찾아왔다. 평범하기 이를 데 없는 아침에
휴대폰 알람 소리를 들으며 뜨기 싫은 눈을 떴을 때, 바로
그 순간에.

시사 프로그램에 투입된 지 한 네댓 달 지났을 무렵이
었다. 힘든 업무도 어느 정도는 익숙해졌다고 스스로 생
각한 때이기도 했다. 익숙해졌다고는 하나, 스트레스는
줄어들지 않고 있었다. 매일 뉴스를 따라가야 하는 일도
버거웠지만, 그보다도 스스로에게 제시할 만한 또렷한 방

향이 쉽사리 잡히질 않고 있었다.

'시사 프로그램에서는 과연 무엇을 해야 할까? 남들과 다른 차별화된 시사는 어떻게 만들어질 수 있을까?'

매일 아이템을 고르고 생방송을 제작하는 업무 외에도 어두운 터널 같은 고민이 계속 나를 짓누르고 있었다. 하루 이틀에 해결될 문제가 아니라는 걸 알고는 있었지만 나 자신을 납득시키지 못하면 스스로 동기 부여가 안 되는 성격 탓에 늘 머릿속이 무거웠다. 고민거리가 있거나 신경을 쓰면 밥맛이 뚝 떨어지는 체질이어서 식사량도 줄어들고 밥때도 불규칙했다. 그날그날 섭외 현황에 따라 스태프들도 도시락을 먹기도 하고, 바쁜 날은 건너뛰기도 했다. 배달시킨 밥을 채 한 술 뜨지도 못하고 생방송 들어가는 날도 시사팀에게는 다반사였다.

하지만 직장인들 대부분이 그렇듯, 피곤한 게 당연하다고 생각하면서 하루하루를 보내고 있었다. 원래부터 싫어했던 운동은 해본 지 오래였고, 피곤하고 멍한 머리를 깨우기 위해 커피를 달고 살았다. 그러던 어느 날, 아침에 머리맡 휴대폰 알람에 눈을 떴는데 천장이 뱅글뱅글 돌고 있었다. 처음 느껴보는 어지러움이었다. 분명 똑바로 누워 있는데 천장에 달린 형광등과 정면에 있는 장롱이 같은 방향으로 돌고 돌고 또 돌았다. 마치 몇 초짜리 영상을 반복해서 재생하는 것 같았다.

잠이 덜 깨서 그런가 싶어 조금 뒤척거리며 누웠다가 눈을 떠도 마찬가지였다. 몸을 간신히 일으켜 손을 짚고 일어나려는 찰나, 팔이 푹 꺾이면서 바닥에 엎드려 버렸다. 도저히 몸을 일으켜 앉을 수 없을 만큼 어지러웠다. 온 세상이 회전하는 듯했다. 순간, 전에 지나가듯 들었던 '이석증'이라는 병이 떠올랐다.

'이것이 이석증이란 것인가?'

귀 안에 뭐가 잘못되면 생기는 병이라고 들었는데, 나에게 왜 이런 일이 생겼을까?

동네 가정의학과와 이비인후과를 거쳐, 결국 대학병원 이비인후과까지 가서 이석증 치료를 받게 되었다. 어지러우니 아무것도 먹을 수가 없고, 조금 먹은 것도 바로 게워 냈고, 멀미가 계속되는 것 같아서 눈을 감고 누워 있을 수밖에 없었다.

이석증은 귀 안에 있는 조그만 기관인 달팽이관과 관련이 있다. 달팽이관 안에 세반고리관이라는 세 개의 고리가 있는데, 이 안에는 물이 있어서 우리가 움직일 때 몸의 균형과 방향감각을 느끼게끔 해준다고 한다. 그런데 이

안쪽으로 일종의 '돌'이 흘러들어 가면 어지러움을 느끼고 균형을 잡을 수가 없다는 것이다.

이 '돌'이 왜 그쪽으로 들어갔을까? 이비인후과 의사는 거꾸로 매달리는 운동이나 요가를 했는지 나에게 물어봤다. 그러고 보니 증상이 나타나기 하루 이틀 전에 몸이 피곤해서 집에서 간단히 스트레칭을 한답시고 허리 굽혀 땅 짚는 동작을 몇 번 반복했던 기억이 났다. 이런 간단한 동작 때문에 달팽이관 안에 돌이 굴러 들어갔다니 이해가 되질 않았다. 한창 요가를 열심히 할 때는 일주일에 두 번 정도도 하고, 허리를 숙이는 동작도 많이 했는데 그때는 전혀 없었던 증상이었다. 담당 의사는 다른 원인에 대한 이야기는 꺼내지 않았다. 원인을 아는 것이 이석증의 치료에 도움을 주지 않는 것 같았다.

나중에 인터넷 검색을 해보니 이석증의 원인으로 스트레스와 피로를 꼽는 사람들이 많았다. 극심한 스트레스와 많은 업무량, 피곤이 심할 때 이석증이 찾아왔다는 경험담들이 많았다. 의학적으로 검증된 것은 아니라고 할지라도 스트레스와 피로 앞에 장사가 어디 있을까.

이석증의 진단은 눈동자의 움직임을 보고 이루어지

는 점이 특이했다. 고리관 안으로 돌이 들어가면 균형을 못 잡고 어지러운데, 이때 내 눈동자가 의지와는 상관없이 떨리거나 한 방향으로 움직이게 된다. 그러니 세상 모든 게 빙빙 돌고 어지러운 게 당연했다. 의사는 내 눈동자를 보고 이석증 진단을 내렸고, 몇 주 동안 대학병원 이비인후과를 다닌 끝에 돌은 어느 정도 제자리로 돌아갔지만 어지러운 증상은 장장 두 달 동안이나 가라앉지 않았다.

처치를 받은 초반에는 금방 어지러움이 가시질 않아 불안한 마음에, 이석증이 아닌 다른 병인가 싶어서 MRI도 찍어보고 여러 검사를 받아보기도 했다. 다행히 다른 병은 아닌 것 같다는 결과가 나와 병가를 내고 집에서 쉬면서 어지러움이 가라앉기를 기다렸다. 어느 날, 세 번째인가 네 번째 처치를 받으러 대학병원에 갔을 때 마치 도수가 전혀 맞지 않은 안경을 썼을 때처럼 세상이 빙글빙글 돌고 초점이 맞지 않았다가, 어느 순간 내 안경을 쓴 듯이 딱 맞춰지는 느낌이 들었다.

'아, 돌이 들어갔다!'

조금 나아진 상태로 집에 돌아왔지만, 일상생활로 복귀하기는 어려웠다. 아침저녁으로 어지러움이 찾아왔고 집 안에서 움직일 때도 벽이나 가구를 짚어야 했다. 어느 날은 조금 괜찮은 것 같다가도 일어나서 거실을 돌아다니거나 창밖 너머 먼 곳을 바라보면 뭔가 눈에 초점이 안 맞는 것 같은 찝찝함이 찾아왔다. 또 어느 날은 정면을 볼 때는 괜찮은데 옆이나 아래를 흘겨보면 뱅글뱅글 회전하기도 했다. 의사는 반고리관 세 개가 있는데, 돌이 흔하게 들어가서 쉽게 빠지는 고리가 있기도 하고 잘 들어가지 않는 고리가 있기도 하다면서, 나는 후자의 고리로 들어가 잘 나오지 않는 것 같다고 했다.

"이석증이 아닌 경우가 문제이지, 이석증 자체는 큰 병이 아닙니다. 허허⋯⋯."

의사는 걱정할 것 없고 시간이 가면 다 낫는다고 했다. 그러나 아무리 간단한 병이라 할지라도 타격은 컸다. 일단 사람이 일어서거나 걷는 등 일상적인 일들을 못할 뿐더러 어지러워서 밥도 제대로 못 먹으니 기본적인 생활을 할 수 없었다. 회복이 되긴 되는 건지, 얼마나 걸리는 건지도 모른 채 치료약도 없이 오직 시간에만 의지하고 있자니 우울이 찾아왔다. 하루하루는 더뎠지만 조금씩 밖에 걸어다닐 정도로 어지러움은 잦아들었고, 고속 엘리베이터를 타고 꼭대기에서 1층까지 내려왔을 때처럼 '순간의 현기증'이 종종 찾아왔지만 두 달이 지나자 다시 출근할 수 있을 만큼 증세는 나아졌다.

이석증의 재발율은 높은 편인데, 다행스럽게도 아직은 괜찮다. 극도의 어지러움을 떠올리면 너무 두렵다. 이석증은 남녀를 가리지 않지만, 중년 이후 여성에게 많이 발병된다는 통계로 보아 골다공증 등 뼈의 밀도가 낮아져 일어나는 현상이라는 얘기도 있고, 비타민D가 부족할 때 생긴다는 연구도 있다. 비타민D는 햇빛을 받아야 생성된다던데, 햇빛 볼 일이 없는 현대인들은 누구나 비껴갈 수 없는 일이 아닐까 싶다.

현대인이라면 슬프게도 누구나 병 하나쯤 없는 사람은 없다지만 우리 직종 선배들을 보면 오랫동안 책상 앞에 앉아 컴퓨터를 만지기 때문인지 디스크 증세나 손목터널 증후군을 앓는 사람이 꽤 있다. 헤드폰을 쓰고 음악을 크게 또 오래 들어서인지 귀가 좋지 않은 사람도 있다. 태생이 건강한 체질로 타고난 사람이라도 스트레스와 업무로 인해 건강을 해치는 경우가 많다.

결코 건강 체질이라고 할 수 없고, 입도 짧고, 매일 피곤에 지배당하며 사는 나지만 그래도 큰 병원 출입은 없었던 인생을 살다가 40대 초반에 이석증을 겪고 보니 여러 가지 생각이 들었다. 더 큰 병이 오기 전에 나의 몸과 마음을 스스로 잘 다스리며 살아야 한다는 평범하고도 중요한 교훈을 떠올렸고, 내가 어떻게 스트레스를 관리해야 하는지 누구도 가르쳐 줄 수 없고 오직 나만이 스스로 터득해야 한다는 사실 말이다.

복권이라도 당첨된다면 모르겠지만, 평범한 사람이라면 '일'이라는 것에서 벗어날 수 없다. 어느 날은 나를 옥죄고 얽매는 오랏줄이다가도, 어느 날은 역시 나를 먹여 살리는 생명줄이 바로 '일'이 아닌가. 행복과 기쁨을, 그리고 동시에 스트레스와 고민을 안겨주는 '일'과 사이좋게 같이 걸어가는 방법, 과연 있을까?

아무나 만날 수 있고
누구든 만나야 하는 자리

"피디의 좋은 점이 뭔지 알아? 이 사회의 아주 낮은 곳과 아주 높은 곳을 다 만날 수 있는 직업이라는 거야."

오래전에 한 선배가 피디라는 직업에 대해 내게 해준 말인데, 연차가 쌓여갈수록 이 말처럼 맞는 말이 없다.

입사 1년도 채 안 됐을 무렵 시사 프로그램에 에이디로 들어갔는데, 선배가 어느 날 내가 직접 취재를 하고 프로그램에 출연해 보라고 했다.

'취재를 해본 적도 없는데 라디오 생방송에 출연까지 하라고?'

당황하고 있는 사이, 마침 새로운 대학 입시제도가 발

표돼 교육부 차관과의 인터뷰가 잡혔다. 선배가 인터뷰를 내 코너로 넘겼다.

"잘됐다. 교육부 차관 인터뷰로 리포팅 준비해 보자."

"……네, 알겠습니다 선배님."

교육부 차관 사무실로 가서 인터뷰를 하고, 그것을 바탕으로 생방송 프로그램에 출연해 새로운 입시제도는 무엇이 바뀌며 우려되는 점은 무엇인지 설명하게 되었다. 교육부 차관의 인터뷰를 한 다음 내용을 분석해 보고, 생방송에서 진행자와 문답할 내용을 작성했다. 진행자가 교육부의 새 대입제도안에 대해 질문하면 내가 사전에 인터뷰한 차관의 목소리 파일을 틀어주면서 내용을 설명하는 방식이었다. 마지막으로 어떤 전망들이 나오고 있는지, 우려되는 점은 없는지도 짚어보았다. 어떻게 생방송을 마쳤는지 머릿속이 온통 하얬다. 하지만 아침 출근길에 방송되는 프로그램이고, 사람들의 관심이 큰 입시제도 개편을 다룬 보도 덕인지 대학 동창이 방송 잘 들었다며 오랜만에 연락을 하기도 했다.

그리고 그다음 편은 추워지는 날씨에 노숙인들의 상황을 다뤄보기로 했다. 나는 서울역 부근의 노숙인들과 자원봉사자들을 찾아나섰다. 취재와 방송 출연은 3회 정도로 끝났는데, 라디오에서는 피디 리포팅 코너가 흔한 기회는 아니어서 내겐 소중한 추억으로 남아 있다. 피디 초년병 시절의 이 경험을 필두로 지금까지 인터뷰하고 스튜디오로 초대했던 수많은 인물들이 있지만 이런 분들과의 만남을 돌아볼수록 피디라는 직업의 장점을 짚어낸 선배의 말이 참 절묘하다는 생각이 든다.

앞서 말한 취재 경험처럼 이번 주는 교육부 차관을 마주했다가, 다음 주엔 노숙인에게 이것저것 물어보아야 하는 극과 극의 인터뷰도 가능했던 것이다. 교육부 차관은 이제 갓 피디라는 명함을 단 사회 초년생에게도 아주 공손하고 친절하게 인터뷰에 응해주었다. 반면 서울역 앞 노숙인은 나의 질문에 조금 대답하다가 갑자기 천 원만 달라고 했고 나에게서 돈이 나올 것 같지 않자 "이 10원짜리야" 하면서 욕을 해댔다. 취재길에 동행했던 40대의 메인 작가 언니가 당황하며 "아가씨가 어디서 이런 험한 말을 들어봤겠어, 많이 놀랐지" 하면서 등을 토닥여 주던 기억도 난다. 욕에는 별로 놀라지 않았지만, 쓸쓸한 서울역 뒤편에 누군가가 틀어놓은 라디오에서 조용필의 '허공'이 들려오던 한낮의 풍경은 떠오른다. 사무실로 돌아와서 녹음물을 다시 들어보며 방송에 나갈 내용을 편집하는데 '허공 노랫소리까지 녹음했으면 훨씬 분위기가 살았을 텐데……'라는 생각이 들었다.

지금 생각하면 노숙인 아저씨에게 왜 천 원짜리 몇 장 주지 않았을까 후회가 든다. 녹음을 잘해야 한다, 괜찮은 컷이 들어가야 한다, 스토리를 만들어야 한다…… 이런 조급함으로 잔뜩 긴장하고 있었을 1년차 피디. '사람'을 취재하기보다는 '방송거리'를 찾으러 돌아다녔던, 지금 돌아보면 마냥 부족했을 나였다.

방송사의 특성상 피디는 연차가 낮아도 연출 권한을 가지기도 하고, 섭외를 하거나 취재를 하면서 여러 방면의 셀 수 없는 사람들을 만난다. 누군가는 나를 "피디님" 하면서 깍듯이 대해주지만 누군가는 나를 아예 상대도 해주지 않아 굽실거리며 부탁해야 하는 상황도 있다. 하지만 자연인으로서의 나였다면 생각지도 못했을 유명인이나 고위직을 피디라는 명함 덕분에 섭외하고 만날 기회가 있었던 건 사실이다. 인터뷰를 하기 위해 내로라하는 소설가의 거실에도 들어가 봤고, 평소 무대 밑에서나 동경했던 뮤지션과 마주 보고 인사를 하는 순간에는 '침착해야 한다, 나는 이 순간 저 가수의 팬이 아니야. 피디로서 서 있는 거라고!' 하면서 스스로에게 애써 다짐을 할 때도 있었다. 텔레비전 뉴스에서나 보던 국회의원들을 가까이에서 처음 보고 얼떨떨했던 순간도 당연히 있었다.

가끔 어떤 사람들은 연예인을 많이 만나는지, 어떤 연예인을 만나봤는지, 소위 높은 사람들을 실제로 만나면 어떤지 물어온다. 그런데 라디오 방송국에서 보낸 시간이 길어지면 길어질수록 설렘, 놀라움, 스타를 만난다는 흥분 같은 것은 점점 사라져 가는 것 같다. 그게 너무 흔한 일이어서가 아니라, 누구를 만나는지보다 '어떤 결과물이 나오는지'가 나에게 중요하기 때문인 것 같다.

대단한 월드스타가 내 프로그램에 나와서 나랑 악수하고 사진 찍는 것은 전혀 중요한 일이 아니지만, 그날 방송이 잘 나오는 건 중요한 일이다. 스타든 높으신 분이든 노숙인이든, 내가 만나는 것이 누구든지 중요한 것은 듣는 사람들에게 무언가 남겨줄 수 있는 좋은 방송을 만드는 것, 그것이기 때문이다. 그리고 동시에 그 사람들 앞에 서 있는 사람은 나라는 사람이 아니라 이 프로그램을 담당하고 있는 피디이기 때문이기도 하다.

어느 직업인들 비슷하겠지만, 회사나 조직에 속해 있

으면 나의 직책, 직업, 직위, 소위 '타이틀'이 곧 '나'라는 동일시의 착각에 빠져들기 쉽다. 그러나 시간이 지날수록 생각한다. 자리와 나 자신을 혼동하지 말자고. 이 자리를 어느 날 훌훌 박차고 나가면 나의 명함은 더 이상 내 이름도 무엇도 아니다. 내 이름 앞에 붙었던 피디님이라는 직함이 내 이름 석 자와 어떠한 연결고리도 갖지 않을 때가 온다는 사실을 늘 생각하고 있자고. 그런 날이 오면 섭섭해하지도, 아쉬워하지도 말자고.

가끔 자신이 앉아 있는 자리가 곧 자기 자신이라고 동일시하며 착각하는 사람들을 본다. 직업이, 자리가, 부(富)가 자신의 정체성이라고 생각하고 있을지도 모른다. 그런 이들을 보면 분노를 넘어 연민마저 느낀다. 저 자리에서 벗어난 순간, 저들은 그렇게 자부하던 자기 자신이 없어졌음에 더 이상 버티지 못할 것이기에.

학창 시절 영어 수업 시간에 배운 단어 중에 '직업'을 뜻하는 '보케이션vocation'이 기억에 남아 있다. 단순한 직업보다는 소명, 천직이라는 의미가 담겨 있다. 이 말은 라틴어로 부르다는 뜻인 '보카레vocare'에서 왔다고 한다. 영어로 직업을 뜻하는 또 다른 단어 '콜링calling'도 같은 맥락이다. 영어 선생님께 배운 바로는, 직업이란 곧 신의 부르심이라는 옛 사람들의 철학이 담겨 있기 때문이라고 한다. 내가 직업을 택한 것이 아니라 신이 나에게 직업을 주셨다는 것은 이 자리가 결코 나의 소유물이 아니라는 점을 일깨워 준다.

이 사회의 아주 높은 곳부터 낮은 곳까지 누구나 만날 수 있고 누구든 만나야 하는 직업, 라디오 피디. 많은 사람들을 만날 수 있는 자리에 있어 감사하고 행복하지만 이 자리가 곧 나는 아니라는 것을 잊지 말자고 스스로 다짐해 본다.

4

피디의 라디오,
잠시만 볼륨을 높일게요

TUNING

AM FM

VOLUME

너와 함께한 16년

무슨 생각이었던 건지 난 내가 회사에 취업해서 일하는 모습을 한 번도 그려본 적이 없었다. 그저 책 열심히 읽고, 영화 열심히 보다 보면 뭔가 되어 있을 거라 생각하면서 미학을 공부하는 대학원에 들어갔다. 하지만 미처 하지 못했던 생각이 하나 있었으니, 내가 아무리 공부를 하고자 해도 공부가 나를 택하지 않을 수 있다는 사실이었다. 공부라는 것도 아무나 하나? 진득하게 '니체'나 '칸트'를 들이파는 것은 결코 내 적성이 아니라는 사실을 깨달은 때는 대학원에 들어간 지 1년이 지났을 무렵이었다. 게다가 건강에 점점 문제가 생긴 부모님은 하시던 사업까지 정리하면서 우리 집은 경제적으로도 어려워졌다.

그제야 밥벌이를 위해 여기저기 입사 지원서를 쓰기 시작했지만, 일반 회사에 들어갈 준비가 되어 있지 않았던 나에게 기회를 주는 곳은 없었다. 자격증, 인턴 경험, 봉사 활동, 해외 연수…… 귓등으로도 듣지 않았던 단어들이 마침내 살아 있는 실체로 내게 다가왔다. 준비 없이 뛰어들었던 입사 지원과 연이은 낙방 소식. 극장에 개봉되는 영화는 모조리 봐야 직성이 풀렸고, 강의실엔 안 가도 좋아하는 밴드 공연에는 꼭 가야 했던 나의 지난날을 씁쓸히 돌이켜 보던 어느 날, 큰이모에게서 전화가 걸려왔다.

"지금 텔레비전 보니까 신입사원 모집 공고가 나오더라. 이모가 볼 땐 넌 방송국 피디가 잘 맞을 것 같은데 한번 지원해 봐."

어릴 때부터 텔레비전을 워낙 좋아하긴 했지만 내가 피디가 된다는 생각은 해본 적이 없었다. 대학생들 중엔 소위 '언시생들'이 따로 있었다. 방송사, 신문사 같은 언론사 입사시험이 국가고시도 아닐진대, 입사가 어려워서인지 지원자가 많아서인지 마치 행정고시, 사법고시 같은 국가시험에 빗대 '언론고시'라고 불렀던 것이다. 언시생들은 따로 스터디(공부 모임)까지 만들어 가면서 준비를 한다는 얘길 들었는데, 난 그런 준비도 생각도 해본 적이 없었다.

"언론고시 준비하는 애들이 얼마나 많은데……" 하면서 손을 저었지만 집에서 백수생활을 하던 내가 답답했던지 어머니까지 시험이나 한번 보라고 나서서 처음으로 방송사 시험을 보게 됐다. 그런데 일이 되려고 그랬는지, 필기시험을 보고 난 뒤 뭔지 모를 동기가 샘솟기 시작했다. 시험을 잘 친 것도 아니었고 준비 없는 시험에 당연히 떨어졌지만 일반 기업의 입사시험과는 조금 다른 방송국 시험을 보고 '방송국에 들어가면 일반 회사와는 다를 것 같다'는 생각이 들었던 것 같다.

'피디가 되는 것도 왠지 좋아 보이는데? 음악을 좋아하니까 텔레비전보다는 라디오가 좋을 것 같아.'

이런 순진한 생각을 가지고 그때부터 나는 이른바 '언론고시'를 위해 공부를 시작했다. 공부라고 해도 교재가 있는 것도 아니고, 스터디에 참여한 것도 아니었다. 누구나 사서 보는 상식책과 일간지, 많이 알려진 베스트셀러를 읽으면서 시험 공지가 뜨는 대로 최대한 모든 방송사의 시험에 응시하기 시작했다. 짧지 않았던 도전과 실패, 기다림의 시간이 흘러 마침내 지금 근무하고 있는 방송사에서 이 한 몸을 의탁할 수 있게 된다.

지금은 돌아가셨지만 나를 많이 예뻐하셨던 큰이모의 한마디 권유가 나를 라디오와의 만남으로 인도했던 셈이니 이것은 과연 운명이었을까?

라디오 피디 면접 시험장에 들어가면 세상의 모든 '라디오 키드'들이 다 모인 것 같다.

"저는 초등학교 때부터 라디오를 끼고 살았고……."

"외로운 저에게 라디오만이 오직 친구였고……."

20대 후반이 되어서야 라디오 피디라는 직업에 대해 처음으로 진지하게 생각해 본 사람은 나뿐인가 싶어 의기소침한 적도 있었다. 하지만 실제로 주변에 라디오 피디들의 이야기를 들으면 친구가 시험 본다기에 따라서 응시했다가 본인만 붙었다는 사람도 있고, 이 회사 저 회사 입사 시험에서 낙방하던 차에 시험 삼아 지원한 방송국 시험에서 덜컥 합격한 사람도 있다. 어떤 운명의 장난이 우리를 라디오의 길로 인도했는지는 하늘만이 알까 싶다.

몇 년 전에 프로그램을 같이하던 진행자가 자신의 조카가 초등학생인데 숙제로 직업 탐방을 해야 한다며 혹시 초등학생 몇 명을 만나줄 수 있냐고 물어왔다. 흔쾌히 약

속을 잡고 아이들을 만났다. 초롱초롱한 눈빛으로 연필과 수첩을 든 세 초등학생이 나를 만나러 왔다.

"라디오 피디가 되려면 뭘 준비해야 돼요?"

뭐든지 받아적을 기세로 내 얼굴을 쳐다보는 아이들의 모습에 나는 잠시 말문이 막힐 뻔했다. 정말, 뭘 준비해야 할까?

라디오 피디가 되려면 뭘 어떻게 준비해야 하는지를 묻는 사람들이 종종 있다. 라디오 피디를 위한 정해진 공부 교재나 코스가 있을 리 만무하고, 자격증 같은 것도 없다. 대학에서 신문방송학과를 나왔다고 도움이 되는 것도 아니다. 방송아카데미에도 관련 교육과정이 있다고 하는데, 자신이 그 일과 적성이 맞는지를 경험해 볼 수 있는 기회는 될 수 있겠지만 채용과는 연관이 없다. 그렇기에 뭘 어떻게 준비해야 하는지 막연하기도 하다. 기본적으로 라디오를 좋아해야 할 수 있는 일이기는 하지만, 다른 지원자들처럼 라디오를 많이 듣고 자라지 않았다고 해서 라디오 피디가 못 되는 것도 아니다.

나도 방송국 면접을 여러 번 봤지만 오래전 일이라 정확히 어떤 질문이 오갔는지 가물가물하다. 자기소개서도 참 많이 써봤지만 '이렇게 써야 좋은 자기소개서다!'라고 할 만큼 뾰족한 답이 있는 것도 아니다. 아직 나는 피디를 뽑는 면접관의 자리에까지는 가지 않았지만 그래도 회사에 있으면서 타인의 이력서나 자기소개서를 검토하고 면접 비슷한 것도 하게 되는 경우가 종종 생기는데, 이럴 때 한 번씩 생각해 보게 되었다. 면접관의 입장에서는 어떤 지원자를 뽑게 되는지, 어떤 점을 중요하게 생각하는지 말이다.

내가 지원자였던 시절엔 세상 최고로 궁금했던 면접관들의 속마음. 도대체 저 사람들의 선택 기준은 뭘까? 내가 뭘 어필해야 합격할까?

물론 채용하는 회사마다, 또 면접관들의 관점에 따라 기준은 천차만별이겠지만 방송국에서 일하면서 내 나름대로 중요하다고 생각되는 요건들은 몇 가지 있다.

모든 직장이 그렇겠지만 첫째는 직장이라는 환경에서 다양한 사람들과 협력해서 일을 해나갈 수 있느냐는 것이다. 아마도 이런 성격을 검증하거나 체크할 수 있는 질문을 함으로써 면접관들은 이 점을 알아보려 할 것이다. 방송국은 특히 시시때때로 많은 사람들과 예기치 못한 만남과 관계를 가지고 협력해야 하는 일이 생기는 만큼 원활한 관계와 의사소통 능력이 중요하다. 자신의 의견과 일의 내용을 말과 문서로 명확히 전달하는 능력도 마찬가지로 중요하다.

라디오 방송이라는 특성으로 조금 더 좁혀 본다면 세상의 다양한 삼라만상에 대해 호기심과 지식을 갖고 있다면 좋을 것 같다. 라디오는 어느 매체보다 서민들의 삶과 가까이 있는 매체이고 세상의 모든 사람, 모든 삶이 라디오가 담아낼 수 있는 대상이 된다. 자신이 전혀 관심 없던 분야라도 방송이 담아내야 할 콘텐츠가 되는 순간, 그 분야를 알고 이해하고 공부해야 한다. 꼭 지식적인 측면이 아니라 할지라도, 다양한 사람들의 삶의 방식에 대해 궁금해하고 흥미로워하는 자세야말로 방송을 만드는 사람에게 필요한 덕목이 아닌가 싶다. 자신이 이런 태도를 갖춘 사람이라는 것을 효과적으로 내세울 수 있는 포인트를 만드는 것이 도움이 될 수 있을 것이다.

다양한 분야에 대한 열린 마음과 호기심이 있는 동시에 조금은 자신 있는 전문 분야가 하나쯤 있다면 더 좋을 것 같다. 방송을 만들다 보면 어느 분야와 언제 어떻게 맞닥뜨릴지 알 수 없으나, 나만의 특출 난 전문 분야가 있다면 분명 그것을 살려 방송을 만들 기회는 찾아올 것이다. 피디들 중에는 특정한 음악 장르에서 전문가를 능가할 만큼의 안목을 갖춘 사람 혹은 어학 실력이 뛰어난 사람이 있는데 그러한 능력자들은 정말이지 부럽기만 하다. 라디오에서는 시사를 다루는 시사 프로그램, 음악 프로그램들이 많기 때문에, 시사 전반에 대한 상식과 의견을 면접 과정에서 물어보는 경우가 많고, 음악에 대한 지식도 종종 평가한다. 음악을 좋아한다고 자부했던 나지만 갑자기 면접장 테이블에 놓인 꽃장식을 보고 이것에 맞는 곡을 말해보라고 한 질문에 제대로 대답하지 못했던 악몽 같은 기억이 아직도 생생하다.

좋아하는 것을 그저 취미로 담아두는 데 그쳐서는 안 되고, 실제로 자신이 필요할 때 카드처럼 머릿속에서 그때그때 뽑아 쓸 수 있도록 준비해 놓는 치밀함도 필요하다. 류시화 시인의 책 제목이었던가, '지금 알고 있는 걸 그때도 알았더라면'. 하지만 나같이 부족했던 지망생도 우여곡절을 겪으며 지금까지 라디오에서 버티고 있는 걸 보면, 이 모든 걸 갖춘 사람이 아니더라도 하고자 하는 마음만 있다면 무슨 걸림돌이 있을까.

내가 좋아하는 텔레비전 프로그램 〈생활의 달인〉을 보면 '나는 최고의 시계수리공이 될 거야', '나는 포클레인

기술로 최고가 될 거야' 하고 처음부터 마음을 먹고 그 길로 들어선 분들은 의외로 많지 않다. 집안이 가난해서, 돈을 벌어야 해서, 가까운 사람이 마침 일자리가 있다고 해서 처음 발을 들여놓은 곳에서 먹고 살기 위해, 못한다고 쫓겨나지 않기 위해서 열심히 해냈던 하루하루가 쌓이고 쌓여 그분들은 달인이 되고 장인이 된 것이다. 100퍼센트 준비된 사람이 그 직업을 찾아 들어가는 경우는 얼마나 될까? 모든 직업이 그렇겠지만, 진정한 자신의 길은 그 일에 들인 시간과 땀이 만들어 주는 것이 아닐까 싶어 숙연해진다.

방송사 시험을 한창 준비하던 시절, 친구들을 따라 사주카페에 간 적이 있었다.

사주팔자를 불러주고 '선생님'의 풀이를 기다리고 있었는데 친구가 참지 못하고 한마디 거들었다.

"선생님, 얘가 방송국 시험 치려고 하는데 잘될지 좀 봐주세요."

"방송국 딱이야. 여기 사주에 한자 좀 보라구. 네모 보이지? 이 네모가 바로 요즘 말로 텔레비전을 의미한다 이거야."

"텔레비전요? 전 라디오 지망인데……."

지금에서야 웃을 수 있는 이야기다. 하긴, 텔레비전이
면 어떻고, 라디오면 어떤가.

팔자면 어떻고, 우연이면 또 어떤가.

이 길이 과연 내 팔자인가 아닌가, 내 길인가 아닌가를
의심하고 확신하는 사이에, 라디오, 너와 함께한 시간이
벌써 16년인데 말이다.

지금 어디서 듣고 계신가요?

"감기 조심하세요오."

예쁜 소녀 목소리로 유명한 감기약 CF, 그 목소리의 주인공인 전설의 성우 장유진 씨와 새벽 프로그램을 진행할 때였다. 새벽 2시부터 한 시간 매일 방송되는 〈장유진의 음악편지〉에는 청취자들의 사연이 꽤 왔는데, 새벽에 일하는 사람들에게 장유진 씨의 고운 목소리로 전해주는 이야기와 음악이 오랜 친구 같았기 때문이었을 것이다.

거한 회식이나 음주가무를 마치고 택시 안에서 이 방송을 들은 내 친구 몇몇이 문자를 보내는 일도 있었다.

-지금 택시 탔는데 네 방송 나온다. ㅋㅋ

물론 방송은 사전 녹음이었고 새벽 2시 친구의 문자는 집에서 곤히 자는 나를 깨웠지만, 그래도 방송이 택시에서 흘러나온다는 제보는 기분 좋은 일이었다. 듣는 사람 거의 없는 새벽 2시의 방송을 어디선가 누군가 듣고 있다는 생각은 큰 보람이 된다. 〈나는 전설이다〉의 윌 스미스처럼 간절하고 애타게 대답을 기다리는 것까지는 아니지만, 누군가가 듣고 있다며 문자나 사연을 남겨주면 다시 앞으로 달려갈 동력을 얻는다.

　라디오는 주로 차로 이동하는 사람들, 직업 운전기사들, 또는 텔레비전 화면을 계속 쳐다볼 수는 없지만 지루함을 덜어줄 무엇인가가 필요한 노동자들 곁에 있다. 뭔가를 만드는 작업장, 공장, 미용실이나 소매점 같은 업장에서 많이 듣는다. 조용한 사무실에서 이어폰을 꽂고 숨 죽이며 듣고 있으니 제발 웃기는 얘기는 삼가달라는 분들의 사연도 온다. 집에서 아이들과 씨름하다가 잠시 커피 한잔하며 듣는다는 주부들의 사연도 있다. 아이들을 학원에 데려다주고 학원 앞에 차 세우고 기다리고 있다는 열혈 아빠 엄마의 문자도 눈에 띈다. 요즘은 택배 배송 일을 하는 분들의 문자가 부쩍 늘었다. 바야흐로 택배와 배달의 시대이다 보니 차 안에서 오랜 시간을 보내는 분들이 지루한 시간을 라디오와 함께하고 있다는 뜻이다. 텔레비전의 영향력이야 말해 무엇할까 싶지만 의외로 많은 사람들의 생활 속에는 여전히 라디오만이 들어갈 수 있는 작은 공간이 남아 있다.

그래서 라디오의 청취자 문자 참여를 보면 익숙한 아이디, 익숙한 전화번호 뒷자리가 있다. 늘 들어주는 사람들이 있는 것이다. 일터에 나가 출근 체크를 하고 커피를 한 잔 타고 실내화를 갈아 신고 편한 작업복으로 갈아입는 등 저마다의 하루 루틴이 있듯이, 라디오를 켜는 것도 그 사람의 일상 속 루틴 속에 포함되어 있을지 모를 일이다. 물론 라디오를 듣는 것은 하루쯤 빠져도 되는 일이다. 신경 쓸 다른 일이 있을 때는 내가 오늘 라디오를 켜났는지 안 켜났는지도 기억 못할 만큼 사소한 일이다.

하지만 그제, 어제 우리 방송을 들어주었던 그 청취자가 오늘도 문자로 인사를 보내왔다면, 적어도 그분에게는 오늘 아주 시급하거나 안 좋은 일은 생기지 않았다는 느낌이 든다. 오늘도 그저께처럼, 어제처럼, 라디오를 켜고 문자 하나를 보낼 만큼 그분에게는 평범한 하루였을 거라는 생각, 얼굴도 모르는 그 청취자의 평안한 안부가 참으로 다행스럽게 느껴진다. 요즘은 FM 라디오뿐 아니라 스마트 애플리케이션을 다운받아 듣는 청취자들이 많아지면서 청취 권역이 아닌 다른 지방이나 심지어 해외에서 듣는다고 사연을 보내오는 분들도 많다. 그렇게 먼 곳에서, 또 들을 수 있는 채널과 즐길 거리가 이렇게 많은 시대에 우리 방송을 듣고 있다는 말은 참으로 고맙다.

라디오 방송들을 들으면 디제이들이 언제나 하는 말이 있다.

"지금 어디서 뭐 하시면서 듣고 계신지 궁금합니다. 문자로 알려주세요."

청취자들의 참여나 사연을 독려하기 위한 말이지만, 절대 빈말이 아니다. 라디오 스튜디오 안에 있으면 이 방송이 과연 어디까지 날아가 누구에게 도달하는지 정말 궁금하고 또 궁금하다. 오늘 방송을 듣고 있는 사람들은 어느 부분에서 웃었고, 어느 부분에서 지루했을지, 어떤 노래를 좋아했고 따라 불렀을지 궁금하다.

다른 매체와 달리 라디오는 라디오를 듣는 사람들이 어디서 무엇을 하고 있는지가 특히 중요하다. 단순히 '우리 방송을 듣는 사람들은 누구일까?' 하고 궁금해하는 수준에서 한발 더 나아간다는 뜻이다. 차를 운전하면서, 집안

일을 하면서, 운동하면서, 작업하면서 듣는 것이 라디오이기 때문에 라디오는 새벽, 아침, 점심, 저녁, 밤 어느 시간에 어떤 일을 하는, 어느 연령대를 타깃으로 삼는지가 매우 중요하다. 라디오 방송들이 24시간 동안 어느 시간대에 누구를 타깃으로 한 어떤 장르의 프로그램을 배치할 것인가를 고민한다. 직장인층, 주부층, 학생층, 장년층, 실버층 등 다양한 청취자 군에 따라 프로그램의 진행자와 스타일, 음악 선곡, 내용 등이 결정된다. 물론 라디오는 소수를 위한 미디어가 아니라 익명의 다수를 위한 미디어다. 얇고 넓게 퍼지는 전파의 미디어다. 여러 청취자 군이 섞여 있고, 정확한 통계를 내기도 쉽지 않다. 그래서 라디오 방송들은 조사기관을 통해 다양한 청취자 조사를 해서 어떤 청취자 군이 듣고 있는지에 대한 데이터를 얻어 내게 된다.

사실은 라디오 피디가 하는 일 중 가장 중요한 일은 청취자 분석일지도 모른다. 요즘은 '다시 듣기'가 있어서 꼭 해당 시간에 채널을 맞추지 않아도 자신이 편한 시간대에 방송을 들을 수 있지만, 여전히 라디오는 그 시간대에 듣는 사람들을 염두에 둔다. 사람들이 원하는 것이 무엇인지를 알아내는 것이 라디오의 가장 큰 숙제다.

라디오 피디라고 하면 누군가는 매우 창의적인 직업, 예술적인 직업이라고 생각할 수 있다. 그런 측면이 없는 것은 아니다. 하지만 개인적으로 라디오 피디는 어떤 물건을 언제 어디서 판매할 것인가를 연구하는 영업부장 같다는 생각이 들 때가 많다. 어머님들이 좋아하시는 고가의 영양크림을 초등학교 앞에서 판매하는 사람은 없듯이, 이 프로그램을 원하고 듣고 싶어 하는 사람들이 라디오를 켜는 시간이 하루 중 언제일까? 사람들의 생활 패턴은 어떻게 될까? 출근길에는 이어폰으로 라디오를 듣고 출근 후에는 컴퓨터로 라디오를 듣는다는 청취자의 사연은 라디오의 편성을 짜는 데 많은 통찰을 준다.

-지금 집 안 청소 다 끝내놓고 커피 한잔하며 듣고 있어요.

-이제 물건 다 준비해서 오후 배송 나갑니다~

-오후에 손님이 없어서 졸리네요. 신나는 음악 틀어주세요!

청취자들이 무심코 보내주는 문자 사연 하나하나는 우리에게 아주 중요한 소비자 설문 조사와 같다. 그러니 라디오를 듣다가 잠시 여유가 생긴다면 어디서 무엇 하는 중인지, 미어캣처럼 목 빼고 기다리는 라디오 프로그램을 만드는 사람들을 위해 당신의 이야기를 담은 문자 하나 투척해 주시면 참으로 감사한 일이다.

아침을 기다리는 사람들

나는 어릴 때부터 아침잠이 많았다. 대신 밤에는 정신이
맑아지고 머리도 잘 돌아갔다.

'아침 일찍 일어나서 출근버스에 올라야 하는 직업보다
는 밤에 일하는 직업을 가지고 싶다…….'

어린 나에게 직업 선택의 제1조건은 아침잠을 실컷 잘
수 있느냐는 것이었다.

라디오 피디가 된 후 이런 나의 바람이 조금은 이루어
졌다고 할 수 있을까? 밤 10시 프로그램을 제작할 때는
오후 3시에 출근하고 밤 12시가 넘어 퇴근했으니까 원하
던 생활이 실현됐다. 하지만 문제는 라디오 피디가 원하

는 시간을 골라가며 일하는 직업이 아니라는 사실이었다.

개편 철에 이루어지는 피디 배정에 따라 담당 프로그램이 달라진다는 것은 라디오 피디에게 출퇴근 시간의 변화를 의미한다. 밤 프로그램을 하다가도 오후 프로그램이나 아침 프로그램으로 바뀌면 출퇴근 시간은 물론이요, 생활 패턴까지 싹 바꾸어야 한다.

워낙 올빼미형 인간이다 보니 상대적으로 아침 프로그램은 부담이었는데, 내가 했던 프로그램 중 제일 이른 시간의 방송은 입사한 지 얼마 안 돼서 들어갔던 아침 6시 방송이었다.

24시간 방송하는 라디오에서 하루의 시작은 몇 시일까? 보통 새벽 5시에 방송개시 멘트와 애국가가 나가니까 이때를 하루의 첫 방송이라고 본다.

내가 6시 프로그램에 들어갔을 땐 그 앞에 새벽 5시부터 한 시간짜리 생방송이 있었고, 우리 프로그램이 그다음이어서 비록 하루의 첫 방송은 아니었지만, 부담은 있었다. 신입사원 처지에 못 일어나면 안 된다는 압박에 오지도 않는 잠을 청하며 초저녁부터 누워 있기도 했지만 아무리 피곤해도 선천적인 야행성에게 일찍 자고 일찍 일어나는 생활은 쉽지 않았다. 생체시계가 태어날 때부터

새벽 5시 제작진은 새벽 첫차 이전에 출근해야 해서, 운전을 하거나 택시를 이용해야 한다. 실제로 새벽 5시 프로그램을 하던 피디들이 어둑한 출근길에 차 사고를 겪는 일이 적지 않다. 아침 6시 프로그램을 할 때 나는 차가 없어 택시를 탔다가 지하철 첫차를 갈아타고 출근했다. 가뜩이나 아침에 못 일어나는 내가 존재론적인 고통을 느끼며 겨우 첫차에 올랐을 때 생각보다 많은 아버지, 어머니가 일터로 나가는 모습을 보고 놀랐던 기억이 있다. 부족한 새벽잠을 조금이라도 보충하고자 눈을 감고 있는 사람들, 이른 시간임에도 곱게 립스틱까지 바르고 일터로 나가는 중년 여인들. 오늘 하루는 이들의 어깨에 어떤 짐을 지우고 또 걸어가라 할까. 첫 지하철, 첫 버스를 타고 출근할 때마다 나는 많은 생각을 했다.

주말에는 하루의 첫 방송이 평일보다는 조금 늦게 시작되기도 한다. 주말 첫 방송을 몇 번 맡은 적이 있다. 온 세상이 게을러지는 주말 아침, 곤히 자는 아이 얼굴을 보며 출근길에 오르는 일은 쉽지 않다. 특히 겨울엔 더욱. 하지만 텅 빈 라디오 사무실의 적막을 깨뜨리는 기분은 나름대로 상쾌하기도 하다. 아직 시커먼 도로 위를 덮고 있는 묵직한 어둠 속으로 차를 몰고 가는 사람들, 주말에도 일

터로 향하는 사람도 있을 테고 운동을 하러 가거나, 여행
길에 나서는 가족들도 있을 시간이다. 각자 어디론가 향
하는 길은 다를 테지만 이들에게 들려줄 방송을 한다는
생각에 조금은 들뜨기도 한다. 라디오 스튜디오 부스에
들어가 조명을 켜고 방송 시스템에 로그인을 하면 스튜디
오는 사람의 온기로 차기 시작한다.

그런가 하면 늦은 밤에도 생방송은 계속된다. 방송사마
다 다르지만 대개 새벽 2시 정도까지는 생방송으로 내보
내는 채널들이 많다. 새벽 2시에서 5시 사이인 한밤중엔
대부분 녹음 방송으로 나가지만 폭우, 폭설 등 대규모 재
난 상황 등에는 신속한 정보 전달을 위해 간혹 생방송을
하는 경우도 있다. 녹음 방송으로 나가는 평상시에도 방
송 스튜디오는 항상 사람이 있다. 송출을 담당하는 기술
엔지니어들이 24시간을 교대로 일하기 때문이다. 송출의
많은 부분이 요즘엔 자동화가 되어 있다지만 여전히 사람
의 관리는 필요하다. 이른 아침에 출근해서 교대 근무로
밤을 새운 엔지니어들의 모습을 보면 안쓰럽다. 휴일이나
명절에도 상관없이 언제나 방송을 묵묵히 백업하고 있는
엔지니어 부서는 청취자들에게는 잘 보이지 않지만 중요
한 역할을 담당하고 있다. 교통 정보를 전해주는 리포터

또한 상시로 근무하고 있다. 새벽이나 한밤중에도 명랑한 목소리의 컨디션을 유지하는 최고의 프로들이다.

남들이 따뜻한 이불 속에서 곤히 몸을 누이고 있을 때 어디론가 일터로 나서는 사람들이 있다. 내가 보지 못하는 세상의 어느 영역에선 바삐 일하고 땀 흘리는 사람들이 언제나 있을 것이다. 그런 사람들과 함께하는 라디오를 만들 수 있다는 사실, 작은 보람이다.

SNS의 시대,
손편지를 띄우는 마음

라디오에서 빼놓을 수 없는 이벤트가 공개 방송이다. 매일 같은 시간에 목소리를 듣고, 가끔은 내 마음속 깊은 이야기까지도 할 수 있고, 같이 웃고 울기도 하는 라디오 프로그램들. 그래서 라디오 프로그램 디제이들은 그들의 청취자를 가족이라고 부른다. 그러던 사람들이 드디어 얼굴을 마주 대하는 시간이 있으니 바로 라디오 공개 방송이다. 명절에 친척들이 모이듯이 라디오 공개 방송은 가족들의 얼굴과 존재를 확인하는 시간이기도 하다. 목소리로만 들었던 디제이의 얼굴을 실제로 가까이에서 보고, 방안에서 혼자 웃었던 유머를 듣고 모두가 함께 웃을 수 있는 시간이다. '가족'으로서의 끈끈한 유대감을 몸소 체험하며 한 단계 더 끈끈해질 수 있는 것이 공개 방송이다.

"저 짱구아빠예요."

"전 나무향기예요."

라디오 공개 방송에서 늘 잘 듣고 있는 청취자라며 수줍게 별명을 소개하는 이들을 만나는 경우가 있다. '가족들'이라는 이름으로, 사연 문자 속의 핸드폰 네 자리 번호, 닉네임으로 불렸던 한 사람 한 사람의 청취자들이 실제 이런 얼굴의, 이런 표정의, 이런 나이의 분들이었구나를 깨닫는 순간이다. 환하게 웃으시는 성격 좋으신 아주머니, 귀여운 아이들을 데리고 온 아빠 등 우리 청취자들이 이런 분들이었구나 알 수 있는 소중한 시간이다. 공개 방송을 보면서 함께 노래를 따라 부르고 때론 흥에 겨워 춤도 추고, 박수치며 웃는 모습들은 매일 라디오 부스에서 방송을 할 때는 볼 수도, 알 수도 없는 풍경들이라서 공개 방송에서 만나는 청취자들의 모습은 낯설고 반갑다.

청취자의 모습을 볼 수 없고, 누구인지 알 수도 없기에 늘 의식적으로 듣는 이를 떠올리고 생각하려 애쓰지 않으면 방송은 그저 진행자와 제작진의 자기도취에 빠질 위험이 있다. 인터뷰를 하면서도, 노래 한 곡을 틀면서도 보이지 않는 청취자들을 끊임없이 의식하고 있어야 한다.

'지금 듣는 사람은 누구일까? 듣는 사람들이 생각하기에 과연 좋은 인터뷰일까? 내가 좋다고 생각하는 이 음악을 듣는 사람들도 좋다고 생각할까?'

어쩌면 자기반성을 넘어 자기 의심까지도 해야 한다.

오후 프로그램을 할 때 내가 주로 떠올리는 청취자들의 모습은 이렇다. 오늘도 몇 군데 외근을 마무리하고 사무실로 들어가는 차 안에서 운전하는 분들이나, 시장 안 가게에서 잠시 손님이 뜸한 오후 시간에 따끈한 커피를 한 잔 마시고 한숨 돌리는 상인, 택시 운행 중 잠시 정차하며 퇴근 시간대 손님 태울 준비를 하는 운전기사, 집안일을 끝내놓고 저녁 반찬으로 뭘 준비할까 생각하며 가족들 돌아올 시간을 기다리는 주부…… 5시로 접어들면 이른 퇴근길에 나선 직장인의 모습도 그려진다. 저마다 라디오를 듣는 장소는 다르지만, 늦은 오후라는 시간이 주는 공통된 감정들을 프로그램에서 전달하려고 애쓴다. 오늘 하루도 열심히 잘 살았다는 안도와 위로, 하루 열심히 걸어다녔다는 기분 좋은 피로감, 퇴근 시간엔 손님이 좀 더 있을 거라는 기대감, 조금 후엔 편안한 집으로 돌아가 마주할 따뜻한 저녁 밥상의 기대 등이 오후의 프로그램에서 전달할 수 있는 감정이 아닐까.

저녁 6시 프로그램을 제작할 때는 퇴근길에 나선 사람들을 떠올린다. 주로 길 위에서 이어폰으로 듣거나, 차 안에서 카오디오로 듣는 사람들이 많을 것이라고 생각했다. 하루를 마친 사람들은 지금 어떤 상태일까? 오늘 하루는 너무 지쳐 심각한 뉴스나 정보보다는 기분을 달래줄 기분 좋은 소식이나 말랑한 이야기를 원할까? 아니면 하루 동안 일하느라 제대로 보지 못한 굵직한 속보들을 궁금해할까? 한 사람, 한사람 듣는 이를 떠올리는 것은 어느 시간대, 어느 프로그램을 만들 때도 꼭 필요한 일이다. 우습지만 가끔은 영화에서처럼 내가 유체 이탈이라도 해서 지금 라디오를 듣고 있는 사람들의 차 안, 방 안, 가게 안을 들여다보고 싶은 간절함도 든다.

제작진이 청취자를 볼 수 없는 것처럼, 청취자도 라디오 스튜디오가 궁금할 것이다. 흔히 "라디오의 매력은 보지 않고 귀로만 듣는다는 점"이라고들 한다. 실제로 과거에는 그랬다. 유명 라디오 디제이들이 연예인급의 인기를 누리던 시절, 부드러운 음성과 사랑에 빠진 소녀 팬들은 방송국으로 스타 디제이를 만나러 왔고, 마침내 그의 얼굴을 본 순간…… 웃지 못할 옛날이야기도 전해진다. 그런데 요즘은 무엇이든 보는 시대니까 라디오도 보여야 한다고 한다. 이제 '보이는 라디오'라는 서비스도 청취자들에게도 익숙해졌다. 처음엔 라디오 부스 안을 CCTV 화질로 보여주던 차원에서, 이제는 텔레비전으로도 내보낼 만큼 화질을 신경 써 만드는 프로그램들도 있다.

운전 중이나 일을 하면서 라디오를 듣는 청취자들은 보이는 라디오로 들어오기 힘들지만, 볼 여유가 있거나 좋아하는 연예인이 초대 손님으로 나오는 날에는 보이는 라디오로 접속하는 청취자들도 많다. 보이는 라디오로 스튜디오 모습을 보면서 실시간으로 채팅창에 사연도 입력할 수 있어 젊은 층의 참여도가 높다. 청취자의 반응도 바로 확인할 수 있으니 보이는 라디오는 요즘 대부분 라디오 방송에서 모두 구현하는 서비스가 되었다.

청취자들의 반응이야 제작진에게 늘 궁금한 대상인 사실을 말해 무엇할까. 그렇지만 가끔 '보이는 라디오가 라디오의 매력을 반감시키는 건 아닐까?' 하고 생각한다.

라디오 스튜디오는 어떻게 생겼는지, 내가 좋아하는 진행자가 어떻게 이야기를 하는지, 초대 가수는 어떻게 노래를 하는지 궁금한데 보이는 라디오는 이런 호기심을 충족시켜 준다. 텔레비전처럼 화려한 세트가 있는 것도 아니고 볼거리나 자료 화면도 없지만 좁은 라디오 부스 안의 풍경이 사람들의 관심을 모으는 것은 그 자체로 호기심을 일으키기 때문일 것이다. 보이는 라디오가 생기면서 라디오는 오디오를 넘어 영상으로 유통이 가능하게 된 장점도 있다. 요즘은 AOD, VOD 등이 여러 플랫폼을 통해 제공되기 때문에 라디오 다시 듣기에 화면까지 있다면 영상으로 유통하기에 적합하다. 아무래도 오디오보다는 비디오가 잘 팔리는 시대이다 보니 어떤 콘텐츠든 오디오보다는 비디오 형태로 만드는 것이 효과가 좋다는 것이다.

라디오 피디들도 보이는 라디오에 대한 감각을 익히고, 스튜디오 안에 카메라를 조작하는 법을 배운다. 코너를 구성할 때도 보이는 라디오를 염두에 두게 됐다. 제작 환경에도 많은 변화가 생긴 셈이다.

하지만 오직 소리로만 웃고 울리는 라디오의 개성이자 장점이 사라지는 것이 아닌가 싶어 아쉬울 때도 있다. 모든 것이 보이지 않으면 너무 답답한 시대, 모든 것이 실시간으로 연결되지 않으면 그 고립감과 기다림을 견딜 수 없어 하는 이 시대에 라디오는 만드는 이에게나 듣는 이에게나 조금 다른 미덕을 요구하는지도 모른다.

비디오와 오디오가 결합되고, 전통적인 미디어와 새로운 미디어의 경계가 사라지는 시대에 라디오도 어떤 모습으로 바뀌어 갈지 알 수는 없다. 하지만 이메일을 보내도 수신 확인이 바로 되고, 소포를 보내도 실시간 배송 추적이 가능하며, 카톡을 보내도 상대의 '1'의 유무로 소통을 확인할 수 있는 이 시대에, 여전히 라디오는 내가 띄운 편지가 누군가에게 가 닿았는지 알 수 없는 상태로 계속 편지를 쓰고 또 쓰는 사람과 같은 마음으로 전파를 보내고 있는 것은 아닐까.

나를 불러준 라디오

자기가 좋아하는 일과 잘하는 일이 일치되는 것만큼 행복한 일이 있을까? 게다가 좋아하고 잘하는 일이 직업으로까지 연결된다면 그것만큼 행복한 인생이 있을까? 대부분의 사람이 동의하는 것이지만 실제로 이 세 가지가 일치되는 행운의 주인공은 그렇게 많지는 않은 것 같다.

나는 라디오 피디라는 직업 외에 다른 직업을 가져본 적이 없다. 그래서 내 인생의 직업이란 라디오 피디와 동일어다. 다른 직업을 꿈꾼 적도 있었지만 현실로 이루어지진 않았다. 오직 라디오 피디라는 직업이 나를 받아주었다. 내 인생에서 좋아하는 일과 잘하는 일, 그리고 직업은 일치하고 있을까?

내가 좋아하는 일이 무엇이었을까? 음악을 좋아했고 텔레비전, 라디오, 영화, 책을 두루 좋아했는데 종합해 보면 나는 새로운 것, 아름답고 재미있는 것이 좋았고 웃음이든, 감동이든, 새로운 지식이든 살아가면서 새로운 의미를 발견하는 것을 중요하게 생각했던 것 같다. 나뿐 아니라 다른 사람들도 새로운 것이나 재미있는 것을 많이 접했으면 좋겠다는 생각이랄까? 행복과 인생에 대해 저마다 가치관이 다양하지만, 나에게 의미 있는 인생이란 잘 먹고 잘살고 돈 많이 벌고 가는 것과는 조금 다른 데 있었다.

그럼 내가 잘하는 일은 무엇이었을까? 사실 내 인생의 의미가 사람들에게 새로운 가치를 선사하기를 원하는 데 있었으니 영화감독이나 소설가 같은 예술가가 되었으면 딱 맞았겠지만 아쉽게도 그런 것은 내가 잘할 수 없는 일이었다. 평생을 나는 그런 창작자들을 동경하며 살고 있다. 내가 잘하는 일은 아직 무엇인지 모른다. 나이 마흔이 넘어서도 아직 잘하는 게 뭔지 모른다는 사실이 난감하다. 내가 뭘 잘하는지도 모르는데 아이의 진로를 위해 우리 아이가 잘하는 게 뭔지를 생각해 봐야 하는 부모가 되었다니.

좋아하는 것과 잘하는 것이 일치하지 않으므로 세 가지가 일치하기는 이미 글렀지만 두 가지 정도는 일치할 수 있을까? 라디오 피디라는 직업은 내가 좋아하는 일과 잘하는 일 두 가지와 어느 정도 일치하고 있을까? 라디오 피디라는 일을 하다 보니 내가 좋아하는 일과 어느 정도 교집합이 있었다. 웃음이든, 감동이든, 새로운 지식이나 시각이든 무엇이 되었든 많은 이들에게 나누어 줄 수 있었다. 누구든지 돈을 내지 않고도 라디오를 들을 수 있다는 점이 좋았고, 내가 많은 사람들에게 노래 하나, 재미있는 이야기 하나 들려줄 수 있다는 점도 좋았다. 먹고사는 방법을 알려주지는 못하지만 조금이라도 재미있게 살 수 있도록 도와줄 수 있다는 점이 좋았다. 잘하는 것은 아직 뭔지 밝혀지지 않았으므로 잘하는 것과 직업이 일치하는지 여부는 여전히 안개 속에 싸여 있다.

어쨌든 라디오 피디라는 직업은 적어도 타인에게 뭔가를 요구하거나 남의 것을 애써 뺏어 오거나, 눈살을 찌푸리게 하거나 고통받게 하는 직업이 아니라는 점에서 나는 감사하다. 가능하면 사람들에게 즐겁고 새롭고 따뜻하고 유쾌한 경험을 주기 위해 애쓰는 직업이라는 점에서도 이 직업과 함께 보낼 수 있었던 시간들이 감사하다. 라디오를 들으면서 늘 '오늘 방송 감사합니다, 수고하셨어요' 하고 문자를 보내주는 사람들이 있어서 감사하다. 매일 좀더 다른 건 없을까를 고민해야 하는 어려움이 있지만, 반면 매일 똑같은 일을 하지 않는 직업이라고 생각하면 참 다행이다.

하지만 이 직업에도 괴로움은 있다. 입사 초기 꼬꼬마 시절에 나이 많으신 한 선배가 들려주신 이야기가 아직도 마음속에 남아 있다. 라디오 피디라는 직업은 자신이 뭘 했는지 남는 게 없어서 아쉽다는 소회였다.

"기자는 신문이라도 있지, 라디오 피디는 공중으로 다 흩어져서 아무것도 남는 게 없어."

말을 찍어낸다는 의미로 어떤 이들은 자조적으로 방송국을 일컬어 '공장'이라고 부른다. 하지만 물건 하나 만들어 내는 게 없으니 남는 게 없는 공장이다. 돌아보면 내 업무는 추억 속에만 존재할 뿐, 눈앞에 남은 것이 없으니 아쉬운 일이기도 하다.

라디오는 먹고사는 일과는 그다지 관련이 없어서 '사정이 너무 어렵다', '다니던 직장에서 그만 나오라고 해서 어찌할지 모르겠다', '세상이 왜 그런가' 등 힘든 사연이라도 오는 날이면 무엇 하나 해줄 수 없는 무력한 기분이 들기도 한다. 다른 게 아니라 '말'을 찍어내는 공장이라서 내가 오늘도 세상에 내놓은 말들이 과연 세상을 바꾸는 데 한 줌이라도 도움이 된 것일까, 쓸데없는 쓰레기만 지구 위에 한마디 더 얹은 건 아닌가 하는 생각이 들 때면 허무해지기도 한다. 차라리 누구 한 사람의 입으로 들어가 양분이 되는 채소 한 줌이라도 기르는 것이 더 도움 되는 일이 아닐까 싶은 날도 있다.

그래서인지 입사한 후 처음으로 내 직업에 대한 글을 쓰면서 낯선 기분이 든다. 하루의 방송이 늘 공중으로 흩어져 아무것도 남지 않는 퇴근길에는 헛헛한 마음이 들었는데, 라디오 방송에서 보낸 지난 시간들을 돌아보며 글을 쓰고 있자니 그 시간들이 네모나고 단단한 글자들로 변해 내 앞에 나타나는 것 같다. 많은 직업 중에 라디오 피디라는 직업을 가질 수 있어서 행복하다. 라디오가 나를 불러 주어서 감사하다.

청취의 기쁨

겨울 아침의 출근길, 냉랭한 차 안에 가곡이 잔잔히 울리자 마음이 조금 따뜻해졌다. 작곡가 김효근의 '첫사랑'. 이 곡이 이렇게나 좋은 곡이었구나.

얼마 전에 새로 이사 온 아파트의 좋은 점 중 하나는, 바로 지하주차장 스피커에서 라디오가 흘러나온다는 것이다. 주로 클래식을 틀어주는 채널에 맞춰놓는데, 크지 않은 음량으로 잔잔하게 흐르는 가곡을 들으며 차에 타거나 차에서 내릴 때 기분이 좋아진다. 관리사무소의 이름 모를 담당자님, 정말 감사합니다. 센스가 보통이 아니시네요. 누군가는 이 음악을 인식조차 하지 못하고 바삐 차에 오르겠지만, 단 한두 명뿐일지라도 누군가 마음의 온도를 1도 올릴 수 있는 것이 음악이란 사실은 변함없다.

해마다 대입수능시험이 치러질 즘에 라디오에서 자주 나오는 단골 주제가 있으니 '나에게 힘을 주는 노래'이다. 강산에의 '넌 할 수 있어', 황규영의 '나는 문제없어', 이한철의 '슈퍼스타', 봄여름가을겨울의 '브라보 마이 라이프' 등등 청취자들의 지지를 받는 주옥같은 응원 곡들은 참 많다. 노래 한 곡이 사람에게 때론 다시 일어날 힘을 준다는 사실은 참으로 놀랍다. "재수할 때 이 노래 참 많이 들었어요"와 같은 사연도 많이 온다.

나에게 힘을 준 음악을 얘기해 보라면 소프라노 조수미의 〈아리아리랑〉 앨범이다. '사랑의 기쁨', '오 사랑하는 나의 아버지', '서머타임' 등 인기 있는 곡들과 '코스모스를 노래함', '강 건너 봄이 오듯', '봉숭아' 같은 아름다운 우리 가곡이 함께 들어 있는 앨범이다. 고등학생 시절, 공부에도 지치고 모든 게 다 시들해지고 싫어지기만 하던 사춘기 무렵 우연히 음반가게에서 구입한 이 카세트테이프를 듣는데 이상하게도 번잡하던 마음이 착 하고 차분해졌다. 해가 지고 어두컴컴한 방에서 스탠드를 켜고 이 카세트테이프를 되풀이해서 계속 들었다. 잠시 이유 없이 눈물이 흐르기도 했다. 클래식을 많이 듣는 편도 아니었는데 이 음반에 끌려 집어 들었던 것도 신기하고, 가곡을 들으면서 이런 기분을 느낀다는 사실도 신기했다. 특별히 '힘을 내라'는 내용이 들어 있는 노래들도 아니었는데 마냥 짜증만 나던 마음이 진정되고 어딘가로 무작정 나가고 싶은 마음도 사그라들었다. 시대를 뛰어넘는 위대한 곡과 더불어 마음을 울리는 소프라노 조수미의 목소리가 어느 사춘기 고교생의 마음속에서 마법을 부린 미스터리였다. 어느 순간에 어떤 음악이 우리의 마음에 노크를 하고 불현듯 찾아올지는 정말 알 수 없는 일이다. 음악이 우리에게 일으키는 기적은 분명히 있다고 믿는다.

라디오 방송국에서 일하다 보니 하루에도 여러 채널을 오가며 여러 프로그램을 들어보는 게 나의 일이다. 경쟁 프로그램들은 어떻게 방송하는지도 들어보고 요즘 청취율이 잘 나오는 프로그램들도 들어보느라 출퇴근길 차 안에서 라디오 채널을 돌려가며 듣기도 하고, 팟캐스트 서비스나 유튜브를 돌아다니며 다시 듣기로 여러 프로그램들을 들어본다.

하지만 이런 나도 왠지 지끈지끈 골치가 아픈 날이나,

괜히 기분이 울적해서 그저 음악을 듣고 싶은 날엔 프로그램 모니터링이 아닌, 순전히 한 사람의 평범한 청취자가 되어 좋아하는 프로그램을 듣는다. 라디오 피디가 되기 전 그저 라디오가 좋아서 듣던 시절로 돌아가는 것 같은 느낌에 젖고 싶어서다. 신나는 팝송을 틀어주는 프로그램도 좋고, 흘러간 8090 가요가 주로 나오는 프로그램을 들으면 걱정 없던 어린 시절로 돌아가는 것 같아 마음이 여유로워진다. 때로는 클래식 프로그램에서 웅장한 교향곡 연주회 실황을 듣는 것도 잠시나마 일상의 두통에서 나를 꺼내어 준다.

몇 년 전 힘겨운 투병 기간 끝에 아버지를 하늘로 보내드리고 나서 한동안 출근길에 나를 위로해 준 것은 클래식을 틀어주는 한 라디오 프로그램이었다. 혼자 차를 몰고 가는 한 시간 남짓 출근길에 아주 오랜만에 라디오에서 들리는 클래식을 들으면서 때로는 어지러웠던 마음이 평안해지기도 하고, 때로는 차 안에서 나도 모르게 흘러넘치는 눈물을 닦으며 오열하기도 했다. 평범한 한 사람의 청취자처럼 신청곡을 보내기도 했다. 회사에 출근하면 바쁜 하루가 나를 기다리고 있고, 퇴근하고 집으로 가면 나를 기다리고 있는 아이가 있었다. 10년 사이에 부모님

두 분을 다 보내드리고 마치 제2의 사춘기가 찾아온 것처럼 마음이 부유하던 시기였다.

"또 다시 운명의 페이지는 넘어가네"라는 심수봉의 노래 한 구절처럼, 인생에서도 페이지가 한 장 넘어간다는 것이 손에 잡히듯 느껴지던 시절이었다. 일하는 엄마란 누구나 그렇듯이 마음은 산란한데 오롯한 자신만의 시간이나 공간을 누리기가 쉽지 않았다. 이 무렵 출퇴근길에 내 마음을 위로해주는 라디오와 음악이 없었다면 힘겨운 시기를 그렇게 잘 버틸 수 있었을까 싶다. 그때의 나처럼 터널같이 어둑한 시기를 보내는 사람들에게 위안이 되고 한두 시간 남짓 휴식이 될 수 있는 프로그램을 만들 수 있다면 얼마나 좋을까.

매일 출근하는 라디오 스튜디오에서도 피디는 이 프로그램의 제작자인 동시에 청취자이다. 어느 누구보다 가장 앞에서 프로그램을 듣는 첫 번째 청취자. 이미 큐시트에 그리고 방송 원고에 들어 있는 내용이지만 그것이 진행자의 입을 통해 소리가 되었을 때 첫 번째 청취자는 라디오 부스 바로 앞에 서 있는 피디다.

"작가님, 오늘 오프닝 원고 너무 좋습니다. 아까 다 읽어본 건데 지금 들으니까 또 울컥하네요."

　때로는 이미 방송 전에 여러 번 읽어보고 수정도 했던 원고지만 진행자의 입을 통해 울려 퍼졌을 때 나도 모르게 감동한 적도 있다. 그럴 땐 한 사람의 청취자가 되어 숨기지 않고 웃기도 하고, 감동도 한다. 라디오를 좋아하는 한 사람의 청취자로서 방송을 '1열청취' 할 수 있다는 것은 분명 행운이 틀림없다. 라디오 피디로 일하는 행운을 언제까지 누릴 수 있을지 몰라도, 라디오를 듣는 한 사람의 청취자로서의 기쁨은 평생 동안 나와 함께할 것 같다.

라디오는 살아남을까?

라디오 스튜디오에 있다 보면 문득 지금 이 라디오 방송을 실제로 몇 명이나 듣고 있을까 궁금해진다. 서울, 경기 권역에 거주하는 사람들이 우리 방송의 잠재적 청취자라고 할 수 있다. 물론 요즘은 인터넷으로도 청취가 가능하니까 전국의 여러 지역과 해외에서도 듣는 분들이 있지만, 그 수가 많지는 않을 것이다. 서울 인구가 천만 명이 조금 안 되는데 경기에서 서울로 출퇴근하거나 이동하는 사람들도 있을 테니까 천만+α라고 하자. 그중에서 이 시간에 라디오를 듣는 사람들은 얼마나 될까? 5분의 1? 10분의 1? 내 주변 사람 열 명 중 하루에 한 시간 라디오를 듣

몸 안에 내장형으로 들어 있는 건지 아무리 일찍 잠을 잔다 해도 아침에 일어나는 것은 똑같이 힘들었다. 머리는 늘 부스스했고, 아침 일찍 나가다 보니 주위 사람들의 옷차림보다 항상 두꺼운 옷을 입고 다녀서 스스로 거울을 봐도 꼴이 말이 아니었다.

아침 첫 방송을 하는 피디들이 가장 두려워하는 것은 바로 늦잠 그리고 지각이다. 지각의 공포로부터 자유로운 직장인이 세상 어디에 있겠냐만은, 첫 방송 피디의 지각은 그 의미가 남다르다. 보통 새벽 5시 이전까지는 녹음 방송이 나가기 때문에 내가 지각하면 대신해 줄 사람이 없다. 물론 진행자도 사정은 마찬가지다. 진행자가 없으면 아예 방송을 할 수가 없다. 대대로 새벽 5시 프로그램 제작진은 아침에 일어나 진행자와 작가, 피디가 서로서로 모닝콜을 해주고 일어났음을 확인하는 것이 최우선 임무다.

가끔 라디오 디제이들이 지각을 했다는 기사가 연예 면에 오르기도 하는데, 남들은 웃고 넘겨버릴지도 모르지만 그런 기사를 볼 땐 남의 일 같지 않다. 아침 방송을 하면서 지각을 한 번도 하지 않았다는 디제이들은 그것 하나만으로도 자신의 성실함을 자랑스러워할 자격이 있다.

는 사람이 한 명 될까? 답은 쉽게 나오지 않는다. 그런데 라디오를 듣는 사람들 중 우리 채널을 듣는 사람은 얼마나 될까? 이렇게 따져 들어가다 보면 라디오의 매체 영향력에 대해 생각하지 않을 수 없다.

라디오 피디들을 항상 따라다니는 커다란 숙제는 내 프로그램, 우리 채널을 잘 만드는 것에서 한발 나아가 '과연 라디오에는 미래가 있는가?'라는 질문이다. 라디오에도 호시절은 있었다. 호랑이 담배 피던 시절로 거슬러 가면 텔레비전이 집집마다 보급되기 전 라디오가 전 국민의 단 하나의 엔터테인먼트였던 시절이 있었고, 라디오가 탄생시킨 스타 디제이들과 스타 가수들도 있었다. 〈응답하라 1988〉의 시절에는 텔레비전에서는 볼 수 없는 가수들이 라디오의 공개 방송에서 팬들을 만났고 청소년들의 또래 문화가 라디오에서 만들어졌다. '마이카 시대'가 열리며 고속도로는 붐볐고 여행과 레저문화가 보편화되면서 라디오는 방 안이 아니라 차 안에서 듣는 것으로 청취 패턴도 변했다. 설이나 추석 등 민족의 대이동이 벌어지는 명절 때에는 전국의 길이란 길이 꽉꽉 막히면서 라디오에 대한 수요가 늘어났다. 컬러텔레비전이 대중문화를 획기적으로 바꾼 시대가 도래했지만, 그래도 텔레비전은 집에서 보는 것이고 집을 나서면 라디오가 사람들과 함께했다. 길 위에서, 차 안에서, 산에서, 가게에서, 공장에서 라디오는 사람들의 생활 속에 함께했다.

하지만 21세기 하고도 20여 년이 지난 지금은 많은 것이 변했다. 어디를 가든지 나와 떨어지지 않는 스마트폰에서 흘러나오는 음악 스트리밍이나 동영상, 내비게이션이 그 자리를 대신하기도 하고 유튜브로 온종일 음악을 들려주는 채널들도 있다. 가입만 하면 종류별로 다양한 개인 방송이 있어서 언제든지 골라가며 보고 들을 수도 있는 세상이 왔다. 라디오를 둘러싼 환경이 완전히 변한 것이다.

많은 사람이 라디오에 귀 기울이던 시절, 라디오에 '참 좋은 시절'이 있었지만, 아쉽게도 어느새 방송국이라는 조직 안에서 허리 역할을 맡고 있는 내 세대는 아이러니하게도 이런 좋은 시절을 몸소 겪은 '라디오맨'들과 그렇지 않은 밀레니얼 세대 사이에 끼어 있다. 그래서 라디오맨으로서의 자부심을 가슴속 깊이 간직하고 있는 위 세대들과, 라디오라는 매체에 한정되지 않은 자유로운 콘텐츠 소비자인 아래 세대 사이에서 가치관과 정체성의 혼란을 느끼고 있는 게 아닌가 싶기도 하다.

우리 세대는 입사와 동시에 '라디오는 살아남을까?'라는 질문에 맞닥뜨렸다. 라디오의 맛도 제대로 모르는 신입사원이 라디오의 생존 전략을 토론하는 세미나에 참석했다. 이제 갓 라디오맨이 된 사람들에게 라디오의 살 길을 찾으라는 시대적 요구는 거셌다. 인터넷과 디지털, 통신, 스마트기기의 급속한 변화 속도 속에 기존의 대대수 미디어들은 정신없는 생존의 소용돌이로 파묻혀 들어갔다. 라디오 또한 마찬가지였다. 라디오 방송은 예나 지금이나 스타일이나 형식에서 크게 달라진 것은 없다고 느끼는 사람들도 많겠지만, 방송국에서 일하는 구성원들은 라디오가 어떻게 하면 이 급변하는 시대를 잘 살아남을까를 언제나 고민해 왔고 지금도 고민 중이다.

최근에는 개인 오디오 방송을 할 수 있도록 도와주는 플랫폼과 앱이 많이 출시되고 있다. 영상이 있는 방송들보다는 음악이나 목소리에 더 집중하게 해주는 개인 오디오 방송을 하고 또 듣는 이들이 있다는 사실을 확인하면서 여전히 사람들은 말과 음악으로 타인들과 소통하려 한다는 것을 깨닫는다. 방송이라고 부를 수 있을까 애매하지만 팟캐스트 서비스도 이용자가 증가하고 있다.

라디오의 가장 중요한 요소가 '오디오'라고 본다면 라

디오는 없어져도 오디오 서비스는 절대 사라지지 않을 것이라고 전망하는 사람들도 있다. 손 안에 영화스크린이 들어갈 정도로 기술은 발전했지만 우리 눈이 단 두 개뿐이라는 사실은 변하지 않아서, 먹고사는 일을 해야 하는 많은 사람들에게는 일하는 고된 노동의 시간에 단지 귀 두 개만을 열어놓으면 몇 시간이고 말동무가 될 수 있는 존재가 필요한 것이다.

그렇게 본다면 영상 매체와 스마트폰, 동영상 플랫폼이 미디어 시장을 끌고 가는 불균형은 점점 심해지겠지만 라디오의 갈 길은 그들과는 다르다는 긍정적인 생각도 든다. 어차피 갈 길이 다르므로 노심초사하며 그들의 전략을 따라 하거나 인기를 부러워하기보다는 라디오만이 갈 수 있는 길을 찾아내 그 길을 절대 내주지 않는 지혜가 필요할 것 같다.

'코로나19'라는 전대미문의 사태를 겪으며 지구의 모든 인류는 이제까지 쌓아온 모든 지혜와 철학을 처음부터 다시 점검하고 돌아봐야 하는 지경에 이르렀다. 가뜩이나 하룻밤 자고 나면 모든 게 급변하는 요즘이지만 코로나19 이후에는 기본 전제부터 철저하게 의심하고 뒤집어 생각해 봐야 하는 상황이 됐다. 방송사 개그 프로그램 무대에 서지 못한 개그맨들이 뚝딱뚝딱 집에서 만든 개인 방송이 방송사 개그 프로그램을 뛰어넘는 큰 인기를 모았고, 코로나19로 인해 자택에 격리돼야 했던 라디오 진행자가 집에서 방송을 녹음하고 방송사에서 송출만 맡는 시대다. 사람들이 원하는 것을 원하는 방식으로 주는 것, 사실 방송을 포함해 모든 서비스의 핵심이 아닌가.

누구나 손에 들고 사는 휴대 전화, 대부분은 그 안에 동영상 플랫폼에서 단어 몇 개를 검색하는 것만으로 듣고 싶은 노래를 들을 수 있는데도, 여전히 오늘도 라디오 프로그램에 신청곡을 보내는 사람들이 있다. 우리는 신청곡 노래를 틀어주지만 실은 노래를 틀어주는 것이 아니라 신청곡을 보낸 그 사람의 마음을 읽어주는 것이 아닐까? "오늘은 이 노래가 갑자기 듣고 싶네요" 하면서 신청곡과 함께 문자를 보낸 청취자의 마음은 "이 노래를 들으면 기분이 좋아질 것 같아요" 또는 "우울한 마음이 이 노래를 들으면 좀 나아질 것 같아요", "다른 사람들과 이 감정을 같이 나누고 싶어요", "디제이가 내 기분을 알아줬으면 좋겠어요" 등등이 아닐까? 그래서 과학자들과 연구자들이 아무리 새로운 기술을 만들어 내도 결국 그 기술을 접

목시켜 새로운 서비스와 신상품을 만들어 내야 하는 사람들은 결국 '사람'을 연구하나 보다.

'라디오는 살아남을까?'

많은 라디오 피디들이 고민하고 또 고민하는 질문이지만 아직 답은 나오지 않았다. 수십 년 후에 내가 집에서 손주를 돌볼 즈음이면 '라디오'라는 단어가 혹시 지구상에서 사라지지 않았을까? 내 손주들은 오래된 소설이나 영화를 보면서 "할머니 라디오가 뭐예요?"라고 물어볼지도 모른다. 마치 요즘 아이들이 "브라운관이 뭐예요?"라고 물어보듯이 말이다. 그렇다면 라디오는 사라지거나 죽어 버렸을까?

무엇이 그 자리를 대신할지는 몰라도 사람들의 이야기를 들어주는 어떤 것, 함께 연결된 사람들과 좋은 음악을 듣는 것, 외롭거나 적적하게 혼자 일하는 사람들을 위로하는 것, 그런 것은 그때도 여전히 존재하지 않을까 싶다. 이름이 그 무엇이든 간에, 기술이나 서비스가 어떻게 변하든 간에 라디오의 핵심은 그것이니까.

일하는사람 #002

당신과 나의 주파수를 찾습니다, 매일

초판 1쇄 인쇄 2021년 7월 2일
초판 1쇄 발행 2021년 7월 16일

지은이 | 차현나
발행인 | 강봉자

펴낸곳 | (주)문학수첩
주소 | 경기도 파주시 회동길 503-1(문발동 633-4) 출판문화단지
전화 | 031-955-9088(마케팅부), 9534(편집부)
팩스 | 031-955-9066
등록 | 1991년 11월 27일 제16-482호

홈페이지 | www.moonhak.co.kr
블로그 | blog.naver.com/moonhak91
이메일 | moonhak@moonhak.co.kr

ISBN 978-89-8392-863-4 03810

*파본은 구매처에서 바꾸어 드립니다.